# 二人がいた食卓

遠藤彩見

講談社

# 二人がいた食卓

装幀
名久井直子

装画
agoera

# プロローグ

金属が触れ合う小さな音で泉《いずみ》は目を覚ました。

ベッドサイドの目覚まし時計を見ると、深夜一時を過ぎたところだ。何だろう、と夢うつつで横たわっていると再び物音が聞こえた。

ダブルベッドの頭が接した寝室の壁越し、廊下の先で人の気配がする。おそらく玄関の辺りだ。古いマンションの板張りの廊下が小さく音を立てたので身をすくめた。

——誰か入ってきた。

振り向いて呼びかけようとした口をつぐんだ。

隣は上掛《うわが》けが整ったままで、枕はへこんでいない。

家に入ってきたのは夫の旺介《おうすけ》かと、安堵《あんど》で息をついた。仰向けになり、薄手の上掛けを引っ張り上げたとき、完全に目が覚めた。

旺介は泉が眠る前に帰宅している。それなのに今、外から家に入ってきたのだ。

耳を澄ますと旺介は引き戸を開けて洗面所に入り、手を洗ったようだ。やがてベッドの頭側にあるドアノブが音を立てた。泉はとっさに寝返りを打ち、上掛けを顔まで引き上げて寝た振りをした。

背中越しに、ドアが静かに閉まる音が聞こえた。旺介が羽織《はお》っていた何かを脱いでベッド脇に置いたカゴに投げ入れる音、携帯電話を自分の側のベッドサイドテーブルに置く音。窓側からベッドに滑り込むと、旺介の体を受け止めたスプリングが泉の体もわずかに揺らす。

痩せて骨張った体が仰向けになり、ついで寝返りを打つ。壁に向けていた体を少しだけ上に向け、そっと横目で隣を見ると、旺介は泉に背を向け、体を丸めたところだ。

──三十近いし健康のためにジョギングでもするかな。

先日、冗談交じりに言っていたことを思い出したが、旺介の体に汗の匂いはない。

こんな真夜中に、夫は一体どこに行っていたのだろう。

眠りに向かって体温が高くなっていく旺介の体とは反対に、泉の心は冷たく冴《さ》えていく。旺介の不可解な行動が、少し前に見つけた小さな裏切りと結びついているように思えてならない。

# 1

寝室のドアを開けると中は予想通りだ。部屋の大半を占めるダブルベッドの真ん中に、ベッドリネンが丸く固まっている。旺介の黒い髪だけがかろうじて覗《のぞ》いている。

旺ちゃん、と呼びかけながらリネンの殻《から》を剝《む》き、起き抜けにカーテンを開けておいた出窓に歩み寄った。まだ足りないかとレースのカーテンも引き開けると、四月初旬の朝陽《あさひ》で寝室が一段と眩《まぶ》しさを増す。旺介がくぐもったうめき声をあげてまたリネンの殻に潜る。

「起きて。今日、九時には出るんでしょ？　電車、休日ダイヤだよ？」

「まぶしい……」

「もう、起きないと。打ち合わせ前に会社に寄るんでしょ？　土曜だから正門は閉まってるよ。通用口は門から距離があるんだから早めに出ないと」

同じ会社に勤めているから手に取るように分かる。今日は土曜日だが、営業職の旺介だけ休日出勤だ。

床に落ちた旺介の携帯電話を拾い上げ、ついでに泉の側に置いた目覚まし時計を見た。タイムリミットが迫っている。

旺介のリネンを引き剝がし、骨張った両腕を引っ張った。蛍光灯で顔を照らしたときのように、旺介の肌荒れが春の陽射しでくっきりと浮かび上がる。

「今日の朝ご飯、卵だよ。旺ちゃん、好きでしょう？　たーまーご」

買えない訳ではない。卵料理は週に二度と決めている。旺介が会社の健康診断でコレステロール高めと診断されたからだ。

旺介がまたうなり、目を半ば閉じたまま、しぶしぶ上半身を起こす。泉が掛けたエプロンに向かってがくりと頭《こうべ》を垂れる。泉より二歳年上だというのに、まるで子どもだ。

「ほら、朝ご飯を食べる時間がなくなっちゃう」

「うん……」

「ねえ、早く」

Tシャツとスウェットを着けた痩せた体が向きを変え、両足が床に下りていく。

それだけで二分はかかった。まるでスローモーションだ。

「旺ちゃん」

「分かったから……」

人が良さそう、と誰もが言う愛嬌《あいきょう》のある顔がわずかに歪《ゆが》む。機嫌が悪くなる前触れだ。

「用意してるからね」

「うん」

旺介が両手で顔を覆ってから伸びをする。安堵で口元が緩んだのが見えた。

わざとドアを大きく開けたまま寝室を出る。斜め向かいの洗面所で回る洗濯機の音、廊下の先にあるダイニングキッチンで泉が料理をする音、そしてキッチンに漂う香りが寝室に流れ込むように。

三畳のキッチンでフライパンに卵を割り入れ、焼きながらキッチンカウンターの向こうを眺めた。

せっかくランチョンマットとカトラリーを二人分、横付けにしたテーブルにセットしたのに、片方は使われることはない。結局旺介は身支度をするのがやっとで、コーヒーすら飲まずにあたふたと出勤していった。

オーブントースターから焼けた食パンを出し、レンジで解凍したホワイトソースと目玉焼き、チーズとハムを載せた。皿に載せて茹《ゆ》でたブロッコリーを添える。飲みものはコーヒーと牛乳を半々にしたカフェオレ。マグカップを皿と一緒にカウンターに置いてキッチンを出た。

カウンターを回って六畳のダイニングスペースに入る。去年、十月の結婚を前に住まいを探し、このマンションを内見したときに旺介が言った。

――いちいちカウンターを回って出入りするのは面倒じゃない？

――ううん。絶対、キッチンカウンターが欲しいの。

料理をしながら旺介とゆっくり話ができるようにしたかったのだ。

東京から快速電車で五十分、新都心から十五分のこの辺りは都心に比べると家賃は安い。しかしキッチンカウンター付きとなると、やはりそれなりだ。そのため、地元の不動産会社を何軒も回り、賃貸物件のサイトを日夜チェックして見付けたのだ。

板張りのダイニングの右隣はリビングスペースだ。広く見せるために、低めのソファーを選び、間の引き戸は開け放して物を極力置かない。色も膝の高さまでしか使わないと決め、白とベージュ、グレーで調えた。おかげで、二面の掃き出し窓から差し込む光がさらに明るく見える。駅から歩いて十五分の住宅街に建つマンションの四階だから、周囲に光を遮るものはない。

——まぶしい。

旺介の声が頭の中で再生され、皿を取ろうとカウンターに伸ばした泉の手が止まった。

寝室の出窓はマンションの外廊下に面している。結婚してからの晩秋、真冬の陽射しが弱い時期は朝も薄暗かった。それでも旺介はちゃんと朝食に間に合うように起きていたのだ。春を迎えて明るくなった今なら、目覚めはますます良くなるはずだ。

それなのになぜ、旺介は朝、起きられなくなってしまったのだろう。

もともと旺介は朝が弱く、大学に入って一人暮らしを始めてから朝食は摂《と》らなかったという。一年掛けて、泉が手を替え品を替え、どうにか朝食を摂るように習慣づけたのだ。

それが三月の終わりからこの一週間、起きられずにコーヒーだけ、という段階を経て、ついに旺介は朝食にまったく手をつけなくなってしまった。食べようという意思もない。

——朝ご飯、俺の分はもう作らなくていいよ。

やっぱり朝は食欲出ないんだよね。

——旺ちゃん、約束したでしょ？

結婚したら毎日、朝食を一緒に摂ろうって。

その分、食べてもらう努力は惜しまない。手間が掛かっても、食べやすいサンドイッチや一口おにぎりにし、旺介が苦手な野菜も控えているのだ。こんなにおいしそうなのに、と悔しさを噛《か》み締めながら、皿に載せたクロックマダムに向けて手を合わせた。

「いただきます」

　声を出すと室内が静かすぎるのに気づいた。住宅街の向こうは畑、駅からも幹線道路からも距離があるこのエリアは静かだ。東京の賑やかな中心部に生まれ育ったせいか、住み始めて四年経っても落ちつかなくなるときがある。

　テレビはリビングに、キッチンとは反対方向に向けて置いてある。旺介に、食事しながら見てほしくないからだ。代わりにカウンターに置いてあるラジオをつけると、ちょうど天気予報の時間だ。

「このところうららかな天気が続き、昼間の眠気に悩まれるリスナーも多いかと――」

　リビングに顔を向け、ソファーとテーブルの間、コーヒーテーブルの上に置かれたノートパソコンを見た。見終わったらチェストの上に戻してと旺介に何度言っても置きっぱなしにして寝てしまう。

　平日、旺介の帰りは二十二時ごろになる。残業だけではなく、クライアントが主催するイベントの手伝いや、ネットワークを広げるための飲み会や、社員の有志で立ち上げた勉強会などがあるからだ。食べてからだと億劫《おっくう》になるからと先に風呂を済ませ、泉が用意した食卓につくと二十三時近くになる。

　そのあとは情報収集と称してネットサーフィンをするか、映画やドラマを観ることが多い。しかし夜型なのは恋人時代からだ。そして、それでもこの間まではちゃんと朝起きてくれていた。

「五月の、こどもの日に向けて、早くもこいのぼりの出荷が最盛期を迎えております。こどもの日のイベントが行われる予定の遊園地では――」

手を伸ばしてカウンターの端に置いたノートを取った。鈴木《すずき》家の食事日記だ。昼は別々だが、朝食と夕食のメニューを必ず記録している。

旺介が完食した日は丸、喜んだメニューにはハート。性交渉と泉の生理もかろうじて見えるドットと斜線で記入してある。

カラフルなイラスト入りで記しているのは、イベント時のメニューだ。ハロウィーンのパンプキンパイ、クリスマスのローストビーフ、大晦日《おおみそか》の天ぷら蕎麦《そば》、正月の洋風おせち。泉の誕生日はグラタン、バレンタインデーにはラザニア、ホワイトデーにはミートローフ。去年の十月に結婚してから、毎回泉が料理の腕を振るい、夫婦で盛り上がってきた。

しかし、それ以来イベントはご無沙汰だ。旺介の誕生日は八月、あと四ヵ月もある。

こどもの日に盛り上がりそうなメニューを作ろう。少し遅めの結婚半年の祝いにもなるではないか。にわかに気分が上がり、メニューを考えたくていてもたってもいられなくなった。急いで食べてしまおうとブロッコリーにフォークを向けると、ドレッシングを掛け忘れている。キッチンに行き、冷蔵庫を開けたとき、ドアポケットに伸ばした手が止まった。

閉め忘れ防止のブザーが遠くで聞こえる。

旺介が起きられなくなった理由が、そこにあった。


スプーンがこんがり色づいたチーズを割る。旺介がたっぷりとすくい取ったエビドリアを口に入れ、熱さで息を吐くと食卓に灯したキャンドルが揺れる。旺介は舌を灼《や》きながらも、ホワイトソースの誘惑に抗えず咀嚼《そしゃく》する。

「おいひい」

飲み込んで即座に二口目をすくう旺介が微笑ましくて、一瞬胸につかえた固まりを忘れた。

油断すると言葉が口からこぼれ落ちそうになる。十九時という早い時間に夫婦揃《そろ》って夕食を摂れる幸せを噛みしめて食い止める。土曜と日曜、一週間のうち二日しかない貴重なディナータイムを台無しにしたくない。

デスクワークの泉は、よほどのことがない限り十八時には退社し、十九時過ぎには帰宅して夕食の支度にかかる。帰宅した旺介に夕食を温めて出し、食べ始めるのを見届けると寝てしまう。朝食の支度と弁当づくりがあるから六時には起きなければならない。

結婚したてのころは、どんなにお腹が空いても眠くなっても、旺介の帰りを待って夕食を共にしていた。

——イズ、頼むから先に食べて寝てて。

申し訳ないし、待たせてるのが気になって俺が辛いんだよね。

旺介に頭を下げられて仕方なく、先に夕食を済ませるようになった。

「イズ?」

「よかった」

褒め言葉に反応しない泉を怪訝《けげん》そうに見た旺介に、口元だけで笑ってみせる。旺介は顔中をくしゃくしゃにする。

「イズのドリアは最高。これ食べたらもう他のは食べられない」

次はフォークとナイフがハンバーグを割る。たっぷり野菜を入れたトマトソースと一緒に口に運ぶ。野菜を食べたがらない旺介のために、形がなくなるまでとろりと煮込んだ。唯一好む野菜料理、ポテトサラダを食べ、母親の視線を気にする子どものように、ハンバーグに添えたホウレン草のソテーも一口だけ食べる。

——俺、ファミレス舌なんだ。

出会ったころ、旺介にそう告げられた。旺介の好物はファミレスの人気メニューと同じだ。カレー、ドリア、鶏の唐揚げ、スパゲティ、そしてハンバーグ。

夢中で口に運んでいるフォークから、トマトソースがぽたりとランチョンマットに落ちる。旺介が食べることに夢中になるといつもそうだ。照れ隠しのように笑って話し始めるのも。

「ね、明日の昼、久々にナポリタンが食べたいな。会社でカタログのゲラ見てたらナポリタンの写真が載っててさ、それ見てたらイズのナポリタンが食べたくなって」

「うん」

「え、いきなりだけど大丈夫？　もう、さすがイズだなあ」

「まあ」

素っ気ない泉を気にしてか、旺介が言葉を続ける。

「今日、何してたの？」

「掃除して、洗濯して、あと来週の作りおき」

「真面目だなあ。遊びに行っていいのに」

友だちと呼べる人間はこのエリアにいない。別に会いたいとも思わない。必要がないからだ。

「明日、旺ちゃんと出かけるし」

「お昼は何食べたの？」

思い出せない。一人ぼっちで摂る昼食など、午後の家事をこなすために適当に腹に入れただけだ。旺介がからかうように笑う。

「前の食事が思い出せないとやばいっていうよ？」

「ご飯にタラコふりかけ」

「もしかして生活費、足りない？」

旺介がフォークを止める。

今のところ、生活費は一定の額を出し合って泉がやりくりしている。結婚前に話し合い、財布は子どもができたら一緒にしようという旺介に同意した。

「夜がこういうがっつりメニューだから、昼は簡単にしただけ」

「俺、こういうメニューが一番好きだな」

旺介の口調に窺《うかが》うような響きを感じた。ついに食い止めていた言葉がぽろりとこぼれる。

「ねえ、旺ちゃん、昨日の夜、マヨネーズを使った？」

「マヨネーズ？」

旺介が少し決まり悪そうな顔をした。

「あ、イズに言おうと思ってたんだ。もうなくなるよ、って」

自分を落ち着けようと息を整えた。旺介がまた怪訝そうに視線を上げる。

「マヨネーズを掛けるようなメニュー、なかったよね……？」

昨日、作りおいた夕食は、さわらの梅肉焼きと肉豆腐、そして春キャベツやスナップエンドウなどの春野菜をたっぷり入れた味噌汁だ。

しかし、旺介は照れ笑いで答える。

「ご飯にソースとマヨネーズを掛けると、お好み焼きみたいな味がしておいしいんだよね」

「いつもやってるんだ、そういうの」

「何で分かった？」

「マヨネーズが一週間でなくなるのは、そういうことでしょう。しかも大きいのが」

二人暮らしだし、マヨネーズは日持ちするからファミリーサイズを買う。それほど使うこともない。それなのに、今朝ドレッシングを出そうとしたとき、ほぼ空になったマヨネーズの容器がくたりと倒れかかってきたのだ。

食べ終えた夕食の食器はちゃんと洗ってくれていたから気づかなかった。できた旦那様だと感謝していたのだ。

「ご飯にだけ？」

「……まあ」

「だけ？」

「あと魚？　マヨネーズと粉チーズを掛けると、グラタンみたいな味がして、もっと、おいしくなるからさ」

泉の機嫌を取るように「もっと」という言葉に旺介が力を込める。余計に腹が立って繰り返した。

「掛けるようなメニュー、なかったよね」

遅い時間に夕食を摂る旺介の健康を考えて、メニューは和食がほとんどだ。調理法も油なしで焼くか、煮るか蒸すか。使うのは鶏肉や魚。旺介が好きな赤身肉は豆腐やコンニャクと組み合わせて量を減らし、嫌いな野菜は食べやすいように味噌汁に。揚げ物や脂が多いメニューは、旺介が早めに夕食を摂れる土日に限っている。

それなのに、旺介は泉の目が届かないのをいいことに、マヨネーズと中濃ソースと粉チーズで夕食に味を足していたのだ。

「ご飯はともかく、おかずにはちゃんと味つけしてるよ」

「いや……」

言葉を和らげようとしているのだろう。口ごもった旺介が引きつった笑みを浮かべる。

「夜、さっぱりしたものばっかりだから……。どうしても、物足りなくてさ。味も、おいしいんだけど、正直、薄くて」

「薄いんじゃない、旺ちゃんの舌が感じられなくなってるだけ。ジャンクなものをたくさん食べてきてると味覚のセンサーが狂っちゃうんだって。だから味が濃くないと分からないの」

「そうかもしれないけど、さっぱりしすぎてない？　俺、イズと結婚して油と別れた感じ？　前みたいに、平日でも今日みたいなメニューを食べたいよ」

「いつもこってりじゃ体に悪いから」

「こってりってほどでもないでしょ」

ご飯にマヨネーズと中濃ソースを掛ける「ファミレス舌」の男を満足させるメニューは、油や脂、クリームがたっぷり入り、味付けが濃くてご飯が進むメニューだ。付き合っていたころは旺介の喜ぶ顔が見たくてせっせと作っていた。

「イズ、前は俺に『何食べたい？』って聞いてくれてたよね？　平日でも。なのに、今は全然じゃない」

「言ったでしょ？　メリハリをつけよう、って。旺ちゃん、コレステロール高いんだし。肌荒れだって最近ひどくなったし」

「高いんじゃなくて高め。肌はもともと」

「結婚して一緒に住み始めてから、ずっと食べてたじゃない。さっぱりしたのを」

「それは、結婚したてだったし……」

「こってりしたのは休日のお楽しみでいいでしょう？」

「結婚する前は、平日の夜遅くでもちゃんとしたものを作ってくれてたじゃない」

「私が作ってる晩ご飯は、ちゃんとしてない？」

少し声を強めて旺介を見据えた。「ちゃんと」が「好み」の意味であることは分かっていても。おいしさは恋で栄養は愛だ。それをなぜ旺介は分かろうとしないのだろう。

落ちつこうと立ち上がり、食べ終えた器をカウンターに載せた。洗おうとキッチンに入ると、旺介はハンバーグの最後の欠片《かけら》を丁寧に噛んでいる。泉と同じように落ちつこうとしているのだろう。

飲み込んだ旺介が「イズ」と呼びかけた。

「イズが俺の健康を気遣ってくれるのはありがたいけど、俺、まだ三十前だよ？　太ってもいないし、酒もそんなに飲まないし、そんな病人一歩手前みたいに思ってくれなくていいから」

「健康のことだけじゃなくて。私は旺ちゃんと毎日、朝ご飯を一緒に食べたいの」

「今、朝ご飯の話じゃないけど」

「同じ。夜遅くにこってりしたものを食べると、体が休まらなくて朝起きられなくなるから」

旺介がまた口ごもる。

「朝ご飯は食べなくても、休日は一日中、こうやって一緒に食べてるじゃない」

「それじゃ七分の二だよ。そんな週末婚みたいな生活したくない」

「朝ご飯だってほら、今って朝食は食べずに胃を休めた方がいい、って説もあるじゃない」

「夕食を控えて胃を休める方が体にいいと思う。ぐっすり眠れるし」

「いや、眠ろうとしても物足りないと――」

「旺ちゃん、毎日一緒に食べて、食べるところを見て、お互いの体調や気持ちの変化を察するのが夫婦じゃない。朝くらい一緒に食べたい。だから朝ちゃんと起きられるように、夜はさっぱりしたものを食べて体を休めてほしいの」

「俺は、朝は要《い》らないから、夜はもっと食べ応えのあるものを食べたい。それに、せっかく作ってくれたものを、食べられなかったりとか、いやいや食べるとかしたくないから」

旺介が「ね？」と立ち上がり、キッチンカウンターを回って泉のところにやってきた。

次の行動は予想通りだ。暖かい腕が後ろから泉を包む。手が泉の顔を振り向かせ、トマトと脂の味が唇から伝わる。

「皿洗いは俺がやるから、ゆっくり風呂でも入ってきなよ」

うん、と短く答えてゴム手袋を外した。

明日は休日だ。バトルの続きは日記のドットに変わるのだろう。淡泊な質《たち》の旺介が手を伸ばしてくるのは、何かを埋め合わせたり薄めたりするときが多い。そんな簡単にいかないから、と心の中でつぶやいてキッチンを出た。


泉と旺介が勤める栄光《えいこう》化成株式会社は、最寄り駅から続く住宅街が途切れた国道沿いに位置している。広大な敷地を占めるのは三つの建物。正門から入ってすぐの建物が、経理総務を擁する管理部と、営業部、製品企画部を擁する営業本部だ。その後ろに製造や生産の管理と素材の研究開発が行われている生産本部と工場。他にも全国七ヵ所で工場が稼働している。

営業部で企画営業を担当する旺介と、製品企画部でプロダクトデザインを担当する泉はともに営業本部で働いている。週明けの昼休み、休憩室で旺介を見た瞬間、泉は束の間の休戦が終わったことを悟った。

旺介はコンビニの袋を傍らに油で揚げた惣菜にかじりついている。同じ休憩室を使うのだから泉と出くわす可能性大だと分かっているのに。

あ、と気まずそうに一瞬目を伏せた旺介が、「あのさ」と傍らを通る泉に呼びかけ、テーブルに置いた二つのコンビニ袋の片方に手を突っ込んだ。

差し出したのはチョコレートの箱だ。

「女子のみんなで食べて」

今朝も泉が用意した朝食を放置して出かけたことへの贖《あがな》いらしい。

「うわ、旺介さん、いい旦那さんじゃーん」

「イッちゃん幸せー」

一緒にいた同じ製品企画部の先輩、栗尾貴恵《くりおたかえ》と仁藤薫《にとうかおる》が冷やかす。

今、泉たちがいる栄光化成の本社には鈴木姓が七人いる。まぎらわしいので鈴木姓の人間は下の名前で呼ぶことになっているのだ。泉の方は独身時代から「イッちゃん」と呼ばれている。旧姓が猪原《いのはら》で、結婚して新姓になってからも引き続き「イッちゃん」だ。

理系の会社で女性が少ないせいか、結婚後も旧姓で通すことは認められなかった。源泉徴収票など経理関係の扱いが複雑になるからだと聞いた。

「ありがとう」

チョコレートを受け取りながら旺介の前にあるコンビニ袋を見る。片方のホットフードを入れる茶色い袋は、まだ中身が入って膨らんでいる。旺介が泉に弁解する。

「新製品のパッケージチェックだから」

栄光化成はスーパーやコンビニエンスストア、弁当店などで使われるプラスチック容器を製造する会社だ。新規顧客の開拓に携わる旺介にとって、欠かせない仕事だというのは分かっているが、それでも限度はあるだろう。

泉の三歳年下で旺介と同じ企画営業課の宇津井晃《うついこう》が無邪気に笑う。

「これハッピーマートのポテットー。俺も手伝うって言ったのに、旺介さんが全種類自分が食べるって」

「お疲れさまです」

旺介の顔は見ないまま先に行く。宇津井が「冷たっ」と笑い、栗尾と仁藤が宇津井を笑う。

「夫婦のことは夫婦にしか分からないの。ウッツンも早くお嫁さん見付けな」

「栗尾、ウッツンは私の嫁にするから」

宇津井をからかう二人の声を背中で聞きながら足早に給茶機に向かった。三人分のお茶をトレイに載せて、いつものテーブルに向かう。女性社員が八人固まって、すでに弁当やテイクアウトなどで昼食を始めている。

入社したときから、自然と女性が固まって昼食を摂るようになっている。「お疲れさまです」と朗らかに声をかけながら、あとから入ってきた栗尾と仁藤が余計なことを言わないようにと心の中で祈った。

しかしチョコレートの箱を置くと、栗尾が「旺介さんからー」とにやにやしながら言い放つ。いつも同じメンバーで、共通の話題もそうない。自然と話題は誰かをいじることが多くなる。最年少の泉は恰好のえじきなのだ。数少ない社内結婚組だから悪目立ちしないように気をつけているのに、何かというと取り調べが始まる。

切り上げようと素っ気なく告げる。

「わいろですよ。仕事が早く進むように」

「なにそれ、イッちゃんってほんと旦那に冷たいよねー？」

「新婚なのに」

「ねえ、イッちゃんの家にみんなで遊びに行く話、まだ実現してないよー」

「ねー、遊びに行きたいよねー」

暇人どもが、と心の中で毒づきながら弁当を開けた。旺介が手をつけない野菜メニューが詰まっている。片方が食べなければ片方が残飯処理をするしかない。茹でアスパラガスに添えたマヨネーズを見て旺介へのいら立ちが蘇ったところに、先客の女性社員に尋ねられた。

「イッちゃんさあ、旺介さんにお弁当を作って、とか言われないの？」

「ないですねー」

「えー、結婚前は作ってたじゃない。愛情たっぷりのを」

「泉さん料理上手だって、旺介さんがのろけてたって営業部の伝説ですよー。ねー？」

通路を挟んだテーブルで幾つ目かのポテットーにかじりついていた旺介が、呼びかけられて「え？」と戸惑い笑いを返すのが見えた。

「もう飽きたんじゃないですか？」

短く答え、仕事の話にスライドさせようと壁沿いのショーケースに入ったサンプル商品に視線を向けた。しかし、話題を思いつくより先に第二次攻撃が始まった。

「もう、大丈夫なの、イッちゃんのとこ」

「大丈夫って？」

「朝も別々に通勤してるんでしょ？　いつも一人で電車に乗ってるって宇津井くんが言ってたよ」

泉は横目でなめこそばと格闘している宇津井を睨《にら》んだ。

「えー、でも社内結婚でも別々に出社って珍しくないんじゃない？　私のママ友もそうだもん」

既婚で二歳の息子がいる栗尾が言った瞬間、泉は反射的に目を伏せた。

女性社員の一人が「出た」と小さく笑い、二人ほどが続く。以前、栗尾がいない昼食の席で盛り上がっていた独身のメンバーだ。

――栗尾ってさ、何で会話の中でわざわざママ友って言うの？

――普通に友だちって言えばいいじゃん。何かのアピール？

一人が他二人に向けて、粘っこい口調で繰り返す。

「ママ友ねー……」

「うん、ママ友だし」

天然の栗尾が火に油を注ぐ。よくあることだが、いつも自分のことではないのにいたたまれなくなる。箸で弁当箱の底をひっかいていると落ちついた声が聞こえた。

「確かに、友だちとママ友って何か語感が微妙に違いません？　距離感かな。ねえ、高崎《たかさき》さん？」

栗尾と同い年で仲がいい仁藤が年長の既婚社員に話を振る。同じ独身メンバーの仁藤に割って入られ、口火を切った女性社員が引っ込む。泉はほっと息をついた。

それなりに気づかいが必要な相手なのだと説明するために、わざわざ「ママ友」と言っているのだろうが、言い方によっては悪く取る人もいる。旺介との挨拶も出勤もそれと同じだ。

同じ家に暮らしているから一緒に出勤する、他の同僚と同じように笑顔で軽口を叩く、そんなこともある種のフィルターを通せば「幸せアピール」として取られてしまう。

狭い世界だから敵はなるべく作りたくない。反感を買えば、旺介の出世にだって差し支えるだろう。そう旺介に話して、社内で顔を合わせたときはビジネスライクに徹しようと決めた。

しつこい女性社員の口を封じようと、わざと渋い顔で話す。

「いやー、毎日顔を合わせてるといろいろ……。まあ、とりあえず親孝行は果たしたってだけで」

病気がちの母親を安心させたい。二十五歳で本社勤務となってから一年半で社内結婚をすると発表したとき、周囲にそう説明した。実際の母親は東京でぴんぴんしているが、早すぎる結婚で反感を買わないためだ。半年間こっそり旺介と付き合いながら、反面教師の栗尾を観察して学んだ。何でも話す振りをして肝心なことは話さないのが一番だと。

食べ終えた弁当箱のフタを閉めながら、結婚生活も弁当と同じだと思う。料理の上手い下手、豪華か質素か、丁寧か雑かは垣間見ることができる。けれど味や満足度は食べる本人にしか分からない。

目立たずやっかまれない地味な弁当でいい。どんなに心が籠もり、美味しく、満足しているかは自分たちだけが分かっていればいいのだから。絶対に避けたかった社内恋愛、社内結婚という想定外の出来事を経て泉はそう決めた。

◇

「『マグロはマグロ』、って知ってます？」

鈴木旺介が挨拶もそこそこに泉に問いかけた。

「『マグロはマグロ』……。器が違っても、入っているマグロの見た目や質は変わらない、ってことですか？」

「あ、そういう取り方もあるか」

骨っぽい顔がくしゃっと笑い、そして続けた。

「俺の『マグロはマグロ』は、『同じマグロでも器で見栄えが大きく変わる』って意味。入社したときに教わった言葉なんだけど、すごく好きで。だから今回、一緒に最高の製品を作りましょう！」

くしゃくしゃの笑顔を見て泉の不安は一気に増した。この呑気《のんき》そうな男の下で、初めて大きな仕事を手がけるのだ。

東京の中心で生まれ育った泉は、子どもの頃から絵を描いたり手芸をしたりするのが好きだった。サークルを作ってイラストを描いたり、幼いころは人形、長じては自分の服を作ったりするようになり、大学は国立の工芸大学でプロダクトデザインを専攻した。イラストレーターやファッションデザイナーになりたいという淡い夢を、就職を前に全部捨てた。

栄光化成の製品デザインを担う子会社に就職したのは、一部上場企業の関連会社だけあって福利厚生が充実しているからだ。女性社員が結婚・出産したあとも仕事を続けられる制度が確立している。家賃も東京より安いから職住接近も可能だ。

東京を離れて今のエリアで生活を始め、仕事にも慣れた入社後三年で会社が吸収合併され、四月から泉は栄光化成本社で働くことになった。そして九月になった今、本社で初めて大きな仕事に携わる。旺介とともにコンビニで販売する女性向けのランチ用容器シリーズを担当することになったのだ。

企画営業を担当する旺介は新規顧客を開拓し、顧客が望む製品を具体化している。製品企画部への出入りも頻繁で挨拶はしていたが、ほぼ名前と顔しか知らなかった。興味もなかったのだ。泉は顔立ちは普通レベルでも、センスは女性社員の中では図抜けていたと思う。本社に同期入社となった新人社員と一緒に入社研修を受けていても、男性社員からの視線を感じることが多かった。社内で結婚相手を物色している女性社員からは敵視されたこともある。しかし泉の思惑は違った。

懸命に仕事を覚え、服装、メイクから立ち振る舞いまで「悪目立ちしない」ことを第一に心を砕いた。男性社員の視線は、ひたすら気づかない振りに徹した。

研修で仲良くなった宇津井に言われたことがある。

――イッさん、めっちゃガード固いっすよね。

――私、一生この会社で働きたいから。

栄光化成に入ったのは、一生働ける場所が欲しかったからだ。

だから付き合うなら社外の人、と固く心に決めていた。社内恋愛など面倒極まりない。万が一揉《も》めるようなことがあれば会社に居づらくなってしまう。恋愛経験も乏しいし、とても上手くやれるとは思えない。

今回一緒に組むのがこんなぱっとしない男で却《かえ》ってよかったかもしれない。マグロ、と心の中で呼ぶようになった旺介に率いられて泉は歩き始めた。

クライアントが漠然と思い浮かべるイメージの具現化。それはガイドブックも案内人もいない山脈を踏破する旅だ。クライアントと旺介、シートと呼ばれる柄フィルムの担当デザイナーと綿密に打ち合わせを重ねた。営業本部の三階にある製品企画部のデザインルームにこもり、ラフスケッチを描き散らし、根が生えそうなほどパソコンの前に座り続け、ＣＡＤソフトを前に呻吟《しんぎん》した。

平面――２Ｄで良いデザインができても、立体――３Ｄ化すると勝手が違う。ダメ出しをされてはまた取り組み、の繰り返しだ。初めての大仕事だけにプレッシャーも大きかった。

「私で、本当に大丈夫なんでしょうか……？」

ダメ出しが重なり、別のデザイナーに替えられてしまうのではと怯《おび》えるあまり、つい旺介に不安を訴えると、旺介は言ってくれた。

「猪原さんはどんな難しい注文でも必ず答えを提出してくれるよね。しかもスピードが速いし。やり取りするごとに速くなる。それってすごいことだよ」

頼りない見た目とは裏腹に、旺介は頼れるリーダーだった。そしてチャーミングだった。一つヤマを越えるたびに、自由研究に夢中になる小学生のような笑顔を見せてくれた。

泉や他のメンバーがミスをしても怒らない。どんなに忙しくてもハードなスケジュールの中でも落ちつきを失わない。一人一人をちゃんと見ているし、転んだ人間にはすぐに手を差し伸べ、しっかり支えてくれる。

泉がミスを犯して期限に間に合わなくなったときも、旺介は泉を庇《かば》ってクライアントの怒りを引き受けてくれた。そして、泣くのを我慢していた泉を励ましてくれた。

「器を作るのは幸せを作ることだから。中にいいものをたくさん入れていけるでしょう」

パソコン画面の中で平面から立体へと変わる図面のように、泉の中で旺介の存在が次第に大きくなっていった。

――でも、彼のこと何も知らないんだよね。

気づくと大学時代の友人に愚痴っていた。

社内報のバックナンバーを漁《あさ》って、出身が栃木であることと、東京にある私立大学の経済学部を出たことだけは突き止めた。しかし旺介の趣味も興味もまるで知らない。仕事の話以外は、容器業界と天気の話くらいしかしたことがないからだ。結婚指輪はしていないが、だからといって未婚だとは言い切れない。

周りの社員から情報を集めたくてもできない。旺介に関心を持っていると思われたら、たちまち社内で噂《うわさ》になるだろう。

プロジェクトという名の山脈の終わりも近い。二人で歩けるのはあと少しだ。悶々《もんもん》としていたとき、思わぬチャンスが泉に舞い降りた。

作業が遅れて一人で過ごすことになった昼休み、休憩室で持参の弁当を広げたとき、そばを通った旺介に声をかけられた。

「おいしそうだね」

「これが？」

冷凍ハンバーグに冷凍ブロッコリーと卵焼き、白米に好物のタラコふりかけを掛けただけ。料理に興味がない泉が節約のためだけに作った、質素な弁当だったからだ。戸惑う泉の顔をどうみたのか、旺介は付け加えた。

「俺、ご飯と肉が好きだから」

「私もです」

本当は、泉はそれほど肉を食べない。昔からさっぱりした味が好きで、肉なら鶏肉の塩焼きか煮た物を選ぶ。

だけど泉は食いついた。旺介が投げかけてくれたチャンスに。

「ね、熟成肉って知ってます?」

「旺介さん、晩ご飯は家で食べるんですか?」

廊下を歩いているときに、会議が始まるまでの待ち時間に、一緒にクライアントの元に向かうときに、工場棟から戻るときに。泉は人目を気にしながら旺介に食の話題を持ちかけるようになった。

旺介はスリムだが、食べるのは大好きだという。

「好きなメニュー? ハンバーグと唐揚げとカレー。ファミレス舌って言われる」

顔をくしゃくしゃにした照れ笑いを見て、ますます旺介のことを好きになった。

そして泉は料理の腕を上げようと、ロジカルクッキングの本を何冊も買い込んだ。

ロジカルクッキングとは調理科学——生理学的な「おいしさ」を追求するための、料理の塩分や温度の計算法だ。塩分は素材の一パーセント、味噌汁は出汁《だし》と味噌を十五対一、唐揚げは七十五度で揚げる。温度計と秤《はかり》を駆使し、書いてあるレシピと調理法を忠実に守れば、必ずおいしいものができるという。

泉は寝る間も惜しんでロジカルクッキングを猛勉強した。そして驚異的な速さでそれらをマスターし、みるみるうちに料理の腕を上げた。

プロジェクトが無事完了し、打ち上げを二人で行うころには、旺介に手料理をご馳走《ちそう》する約束ができるようになっていた。初めてのキスはチキンドリアにたっぷり掛けたホワイトソースの味がした。

◇

廊下の向かいから仁藤が歩いてくるのが見えて頰が引きつった。言い訳をしなければと身構えたとき、泉の隣で栗尾が「お疲れ」と仁藤に声をかけた。仁藤が「おっす」と男前な返事を返し、泉が抱えたファイルに視線を向けた。

「打ち合わせ?」

「うん。イッちゃんが意見を聞きたいって。今デザインしてる容器のことで。あれよ、ボリュームサラダ」

「イッちゃん、私も手伝おっか? 今、返事待ち中だから」

「大丈夫です。ありがとうございます」

「そ? なんかあったら言ってね」

小さく頭を下げた泉に、仁藤は笑顔を返して去っていった。栗尾が不思議そうな顔を泉に向ける。

「何で? ニトちゃんにも手伝ってもらえばいいのに」

「仁藤さんには、今の直しを終えてから」

「そっか」

あっさり納得した栗尾が、廊下からガラス壁越しにショールームを見て、「うお」と小さく声を上げた。

小学生でぎっしりだ。社会科見学に来た地元の小学生たちだろう。歓声を上げてショールーム内を見て廻っている。

「やばいやばい」

「映《ば》えー」

栄光化成本社ショールームは、家庭用の冷蔵庫とシンク、レンジを置いた調理台、ダイニングテーブル、そしてスーパーの生鮮食品売り場と惣菜売り場が再現されている。一般家庭のダイニングキッチンとスーパーが隣り合う奇妙な空間だ。

案内役の総務課社員が紹介している生鮮売り場と惣菜売り場には、刺身や生肉、フライや弁当など本物と見まがう食品サンプルが、栄光化成の容器に入ってずらりと並んでいる。クライアントと製品を検討するときに、売り場での見た目や使い勝手、収納しやすさなどを確認するためだ。案内役が売り場、キッチン、ダイニングテーブルと小学生たちに手で示す。

「お店で食べものを買って、お家で料理したり温めたりして、みんなで食べる。ね、分かりやすいでしょう?」

ガラス越しにそれを聞いた栗尾が「ああ?」と小さく苦笑いする。

「そんな簡単にいかないよねえ」

「ねえ」

味方してもらっているようで、少しだけ心が晴れた。

相変わらず旺介は朝食を食べない。夕食も食べない。嘘か本当か知らないが、忙しいから要らないと泉が帰るころにメッセージが来て、事実帰りも遅い。

さっき自販機コーナーで出くわした宇津井に、さりげなく探りを入れてみた。

——忙しいみたいだね。夜とか何食べてるの？

——旺介さんとチャーシュー麺とか。

半年掛けて築いてきた、旺介と泉の食生活が崩壊しつつある。

また小学生が歓声を上げる。案内係が冷蔵庫の扉を開いたのだ。中には家庭と同じように調味料や食品サンプルが入れられている。

家の冷蔵庫を思い出した。保存容器でぎっしりだ。作りおいた惣菜を旺介がまったく食べないからだ。泉が弁当にして持っていくにも限りがある。

保存容器の数々はまるで泉の気持ちだ。食べてもらえず、捨てることもできずに冷蔵庫に溜まっていく。収まり切らなくなるのと、腐ってしまうのとどちらが先だろう。

ショールームの見学が終わったらしい。名残惜しそうな子どもたちを、案内役が先導して外に連れ出す。先生たちは売り場に居座る子どもたちを急《せ》かす。栗尾がそれを見て可笑《おか》しそうに笑った。

「ウチの王子もあんな風になるのかなあ」

「息子さん今二歳ですよね」

栗尾が産休を経て仕事に復帰し、栄光化成で働き始めたのは一昨年の秋。泉と旺介が初めて同じプロジェクトに携わったころだ。

「お家でのご飯とか、栗尾さん、どうしてます?」

それが聞きたくて、とくに急ぎでもないチェックを頼むと口実をつけてショールームに連れ出したのだ。

「んー、適当にやってるよー」

「メニューはどうやって決めてます?」

「私が好きでそのとき食べたいものを作るよ。まあ王子もいるし百パーって訳にはいかないけど、だいたいは自分の食べたいもの。あーご飯の支度面倒くさー、って思っても、自分の食べたいものを作るならまあ、仕方ないかって体が動くし」

「それ、文句言われちゃったりしません?」

「文句があるなら食べるなって言ってある。今は王子のことで手一杯だし」

「それで旦那さんは?」

「残したりもするけど、私が好きなものだからラッキー、明日のお弁当に入れようって。相手の好きなものを作って残されたらイラってくるけど」

「気になりません? 旦那さんの健康のこととか」

「大丈夫だって。イッちゃんだって、子どものころ野菜嫌じゃなかった? ダイエットとか肌がきれいになるとか付加価値がついたら、ほっといても食べるようになるから。旦那、すでに腹が出てきてるし髪も微妙だし」

屈託のない言い方に、栗尾の幸せな生活が垣間見える。

「何、イッちゃん、なんか悩んでんの? 旺介さんとなんかあった?」

「あ、いえ、そこの冷蔵庫を見てちょっと思っただけで。すみません、時間もらってるのに。仕事しちゃいましょう」

誤魔化して栗尾の前にサンプルを並べ、デッサンを渡すと栗尾が検討を始める。それを見届けて、さりげなく携帯電話を見た。旺介からのメッセージはまだない。


十八時過ぎに退社し、自宅の最寄り駅に降り立ってもまだ「要らない」メッセージは届かない。マンションに続く商店街の手前、いつも寄るスーパーが見えたところで足を止めた。

四月も半ばに近づき、夜風に揺れた桜の枝が雪のように花片を散らす。お花見をしようと言っていたのにできないまま、桜が散っていこうとしている。見ていると、焦りのような何かが胸に込み上げた。

旺介のために、夜にフライはできなくても、揚げ焼きくらいはしてあげようか。

今夜食事は要るのか確認しようと、バッグから取り出した携帯電話が電子音を鳴らした。飛びつくように到着したメッセージを確かめる。しかし送信者は旺介ではなく仁藤だった。

——旺介さんがこれからみんなで家に来てって　イッちゃん了解済み？

——会社で何も言ってなかったから一応
了解どころかこの三日ろくに会話もできていない。

旺介に電話を掛けて確かめようとしたとき、タイミング良く旺介から電話が入った。

「旺ちゃん？　今、仁藤さんから」

「それなんだけど、ちょっと仕事で、ウチにみんなを連れてかなきゃなんなくなって」

「仕事で?」

「あとで説明する。これからみんなで会社を出るから。食べるもの、簡単なものでいいからお願い。イズを入れて五人か」

「待って、どういう――」

「冷蔵庫にいろいろ残ってるしさ、それでいいから。急でほんとごめん」

問いただそうとする泉から逃げるように電話が切れる。

――旺介さんがこれからみんなで家に来てって
――仕事でウチにみんなを連れてかなきゃなんなくなって
どちらが本当なのかは分からないが、仁藤は一昨日、泉が昼休みの休憩室で、遊びに行きたいという先輩社員たちをスルーしたのを見ていたから気遣ってくれたのだろう。急いで返信を打った。

――今、旺介さんから連絡が来ました
――歓迎です! お待ちしてます

ベランダのプランターからパセリとイタリアンパセリ、ディルを摘む。部屋に入り、窓際に置いた水栽培のバジルからも葉を摘んでいると「おお」と声が上がった。

宇津井がカウンターにくっつけて置いていたダイニングテーブルを部屋の真ん中に運びながら

のだろう。

「生ハーブだ」と目を丸くしている。一人暮らしで簡単な料理はすると言っていたから物珍しい

「料理に使うんですよね？　イッさん、さすが本格的。なんか部屋もおしゃれっすね」

「宇津井、お前女子かよ」

旺介の上司である企画営業課の課長・湯沢《ゆざわ》が、カウンターに置いた買い物袋から缶ビールやペットボトルのお茶を出しながら笑った。

スーパーでの買い物と会計に思ったより時間が掛かり、結局、旺介と仁藤、宇津井、湯沢と駅前で合流してマンションに連れてきた。今まで、この部屋に来た最高人数だ。

湯沢が缶やボトルの底についた水滴を拭いているのを見て、仁藤が「見て」と泉に示す。

「ほら、湯沢課長、マメじゃない？」

「いやー、うちの奥さんがうるさいから。ほら宇津井、皿を並べるかグラス運ぶかイッさんに聞いて」

テーブルを運んだあとぼーっと立っている宇津井に、湯沢が指示を出した。四十代前半の湯沢は子どもが二人いる。きっと家事の手伝いには慣れているのだろう。キッチンに入っている仁藤が「ウッツン」と呼び、旺介が食器棚から出したグラスをカウンター越しにリレーし始めた。

「カウンターキッチンっていいね。料理しながら人と話せて」

「彼女が部屋選びのときに譲らなくて。不動産会社の人が『見るだけでも』ってカウンターがない部屋に案内するとみるみるうちに機嫌が悪くなるのが隣で分かって」

仁藤が隣で笑う旺介に釘を刺す。

「それは二人のためでしょ」

「いやー、もう俺ひやひやでー」

「仁藤さん、座っててください。私、やりますから」

キッチンに入り、仁藤をさりげなく押し出して冷蔵庫を開けた。

さっきまで持て余していた作りおきの数々が今はありがたい。とりあえず、キュウリとニンジンと大根のピクルスと蒸しレンコンのジェノベーゼ和《あ》えを、それぞれ小鉢に入れてハーブを添えた。

えのき、しいたけ、しめじ、マッシュルームを焼き付けてからタレにつけたキノコの焼き浸しには飾り切りしたレモンを添えて刻みパセリを散らす。鶏胸肉の冷製はスライスしたキュウリとトマトと一緒に皿に盛りつけてゴマだれを掛ける。仁藤が「すごい」と手を叩いた。

「手際がいいなあ。見とれちゃう」

「仁藤さんは料理しないんすか？」

「うん、お弁当を作るだけ」

母親と姉と暮らしている仁藤は、余暇のすべてを趣味の声楽に注ぎ込んでいる。旺介と二人で一度、仁藤が出演するアマチュアオペラの公演を見に行った。

「母には道楽料理、って言われる。したいときだけするのが道楽料理。イッちゃんみたいに家族のために毎日食事を用意してる人、本当に尊敬する」

仁藤に褒められ「いいえ」と謙遜しながら大皿の半分にコールスローを盛る。さっきあわててスーパーで買ったローストビーフをバランス良く並べてイタリアンパセリをあしらう。宇津井が

「うまそう」と見入り、湯沢がカウンター越しに泉に呼びかける。

「もうこのくらいで。俺たち、すぐ帰るから」

「いえ、せっかくですから」

ブリのサクは薄切りにしてガラスの皿に放射状に並べてカルパッチョに。今日の夕食に使うつもりだった鶏もも肉をフライパンで焼き、醤油とザラメをからめて甘辛く仕上げる。

仁藤はともかく、湯沢と宇津井にはさっぱりしすぎのメニューだろう。ジャガイモをくし切りにし、粉チーズを入れた衣をつけてフリットを揚げた。嬉しそうな旺介を小さく睨み、粗熱を取った鶏もも肉をスライスする。皿に盛りつけてカウンターに置くと、感激したらしい仁藤がアリアらしき一節を口ずさんだ。宇津井も目を輝かせる。

「俺、今イッさんをめっちゃ尊敬してる」

「いや、ほんと、地味なものばっかりで」

持て余して冷蔵庫に放り込んでいた作りおきがすべて狩り出された。スペースを空けて冷気が回った冷蔵庫のように、泉の心の中も気づけばすっきりと爽やかだ。

ダイニングテーブルがいっぱいになったところで、エプロンを外した。あとは締めにパスタでも出せばいいだろう。ダイニングに移る前に、リビングのクローゼットから折りたたみ椅子を一脚運んできた旺介を呼んだ。

「ね、これって仕事なの？　仁藤さんと旺ちゃんの言ってることが違うんだけど」

旺介が湯沢に呼びかけた。

「課長、これ、どうですか？」

「いいと思う。きれいだし。イッさんにお願いしようよ」

湯沢が親指を立て、旺介が「よかった」と顔をくしゃくしゃにした。

「実は来週宇津井が担当するデモで、コーディネートできる人を探しててさ。いつもコーディネートしてくれてた社員さんが体調を崩しちゃって。で、君に代わりを頼むのはどうかって提案して見てもらったんだ」

開発中の容器の使いやすさや見た目の良さをアピールするために、クライアントの前で何品かの料理を盛りつけてみせるという作業だ。一度、手伝いで惣菜の盛りつけを引き受けたことがある。

「でも、前やった時は入れ方が決まってたし、フードコーディネートはしたことがないんで……」

「フードコーディネートって美的センスもだけど、料理ができる人じゃないと食べやすい盛りつけができないと思うの。私は食べる専門だから無理」

「いいコーディネーターさんが見つからないんすよ。発表前の製品でがちがちに守秘義務があるから、ヘタな人に頼めないし」

「宇津井は押しに弱いからギャラをめちゃめちゃふっかけられそうだしな」

「イズ、お願い」

小声で言った旺介がカウンターの下で手を合わせる。

「私のお願いも聞いてくれるなら」

やっぱり、というように旺介が小さく笑い、そしてうなずいた。きっとそう言われることを予想していたのだろう。

宙にぼんやり視線をさまよわせ、休み休み息をつきながらグラスのドリンクヨーグルトを飲んでいる旺介はまるで赤ん坊だ。四月も半ばを過ぎて眩しさを増した朝陽のせいで、目を細めているから余計にだ。

――また朝食を一緒に食べて。

デモを引き受ける条件に約束させた。

そして旺介はこの一週間、どうにか約束を守っている。

「野菜ポタージュ、入れる?」

「うん……」

キッチンに立ち、調理台に用意しておいた空のポタージュカップにスープを入れる。

キュウリやハム、スライスオニオン、ゆでたニンジンを入れた具だくさんのポテトサラダとトーストもあるが、一度にたくさんのものを出すと辛そうに見るので、コース式に少しずつ出して様子を見ることにした。今のところスープより先には行けない。サラダもメインもデザートも全部飛ばして食後のコーヒーに行ってしまう。

焦らない、とカフェオレで急かしてしまいそうな口を塞ぐ。

夕食のメニューは少しだけ油や脂を増やした。旺介は相変わらずマヨネーズを使い、塩焼きの鶏もも肉や、揚げる代わりに厚揚げを使った揚げ出し豆腐にも掛けているようだが、泉を慮《おもんぱか》ってか量はぐっと減っている。

修行のように、休み休み息をつきながらスープを口にいれる旺介に尋ねる。

「ねえ、旺ちゃん、今週末は予定ないよね？」

「ん？」

「デモ、来週だから週末に練習しようと思って。メニューを実際に作って、借りてきた見本に盛りつける練習。終わったら二人で食べよう」

「練習って――」

そこまでしなくても、と言いたげに口元が歪む。

「盛りつけ、手際よくささっとしなきゃでしょ？　こぼしたりはみだしたりしないように。きれいにできなかったり時間が掛かったりしたら、盛りつけにくい容器だとクライアントに思われちゃうし。十何人もの人に手元をじっと見られながらの盛りつけなんて私、人生で初めてなんだよ？」

二年前まではろくに料理をしたこともなかったのだ。

眠そうに目を伏せていた旺介が視線を上げ、泉を見た。

「いいかも、リハーサル」

「ねえ、盛りつけ用のお箸を使ってもいいんだよね。ほら、先が細ーくなってるお箸。持って行きたいんだけど」

「あんまり現場で使うものと違いすぎると――」

「私、初めてだから」

声を張ると旺介の泉を見つめる視線も強くなった。

「分かった、課長に聞いとく」

「野菜も、コーディネーターさんが買ってたのは、なるべく色が濃いものを探して買ってたと思うから。ちょっと高めでも。何なら私、探して買ってくよ？　見栄えがいい野菜を」

旺介の口から笑いがこぼれた。

「イズ、何か楽しそう」

「それは、旺ちゃんに恥をかかせられないし」

決まり悪くてカフェオレに視線を落とした泉を見て、さらに旺介が笑う。眠気で固まっていた顔が、だいぶほぐれているのに気づいた。

「食パン、食べる？　ハムとポテトサラダでオープントーストにして」

「耳は」

「取るから」

「食べる」

赤ん坊が七日掛けて子どもに成長した。あとでクルトンにしようと決めてパンの耳を落とした。

デモンストレーションはどうにかつつがなく終えることができた。こぼすこともはみださせることも、手間取ることもなく盛りつけを済ませ、クライアントの評価も上々だったという。

デモのあと、会社の最寄り駅前にある居酒屋で手伝ってくれたスタッフとささやかな打ち上げを行い、同じ方向の者たちと電車に乗ると、ほろ酔いの湯沢が泉に頭を下げた。

「自分の仕事もあるのに、本当にありがとう。いやー、妻の鑑《かがみ》」

「イッちゃん、もう評価爆上げ。残った料理、私も食べたかったのに男子にさらわれたよ」

「盛りつけだけじゃなくて料理も上手いんだもん。びっくり」

仁藤や女性社員たちも褒めてくれる。落ちつかずいたたまれない。

「いい材料を使わせてもらいましたから」

「いやー、ピーマンなんて三個九十九円よ？　ね、今度イッちゃんに料理を教わりたいな」

「私に？」

旺介が「料理教室？」と身を乗り出し、泉に顔を向けた。

「いいじゃない、料理教室、やってみたら？」

「サロネーゼ、っていうんだっけ？」

仁藤が泉に問いかけたとき、電車が泉たちの自宅最寄り駅で停まった。会社から二駅でよかったと今日ほど感謝したことはない。「お疲れさまでした」と皆に挨拶をして、旺介の背を押して電車を降りた。

「イズ、仁藤さんが言ってたサロネーゼって何？　なんかおいしそう」

「自宅を開放して料理やインテリアを教えるマダムのこと」

「へえ、楽しそうじゃない。やってみれば？　サロネーゼ」

改札に向かいながら旺介が弾んだ声を出す。「ないない」と笑うと「ある」と食い下がる。

「みんな本気だったよ、あれ」

「デモが成功してテンションが上がってるだけだよ。ゴールデンウィークを挟めば忘れるって」

「いやー、今日、デモをやるのを見ててもぴったりだったもん。手際がよくて、テレビに出てくる料理の先生みたいで」

旺介が有名な料理番組のテーマ曲を陽気に口で鳴らす。

改札を抜けて小さなロータリーを囲む歩道を歩き始めても、旺介のプッシュは止まらない。

「ほんと、真面目に考えてみたら？　料理教室」

「お腹、大丈夫？　居酒屋であまり食べてなかったでしょ？」

「いや、ほんと、イズにはイズの世界があった方がいいって。何か趣味を見つけて、仲間を増やして、世界を広げて」

首を振っただけで商店街に入った。

暖かく暗い夜が、珍しくアルコールの入った体をふわりと包む。三十歳までには第一子を産む計画だから、アルコールは極力摂らないようにしている。

早く家に帰りたい。キッチンに入って何かを作りたい。

「イズ、待って」

小走りで追いついた旺介が前に回って引き止める。

短い商店街を抜ける手前だ。ほろ酔いで歩みの遅い旺介に構わず突進していたらしい。「ごめん」と目を伏せたまま短く告げた。

「どうした？　気持ち悪いとか？」

「大丈夫」

「本当に？」

「うん」

旺介が困っている。泉が不機嫌になるのが苦手なのだ。分かっていても言葉が口から出てこない。

「疲れたよね」

いつもそうだ。泉が不機嫌になると、理由を探ろうとはせず、疲れたよね、の一言で逃げようとする。

「長い一日だったし疲れたよね、何か食べてかない？　ほら、結婚してすぐのころに行ったパスタ屋、今くらいの時間でも空いてたよね。俺、なんか小腹減った」

「家で食べよう。にゅうめんを作るよ」

「そうだね。ゆっくりできるし」

旺介がほっとしたように顔をほころばせた。

「イズは本当に料理が好きだよね。料理教室、いいと思うんだけどなあ」

「家のことがあるから」

「そんなの俺だって手伝うし。だからイズも、自分の世界を持って楽しんでよ」

デモをやれと推薦した理由が分かった瞬間、足が止まった。

「なんでそんなこと言うの？」

「え？　俺は、イズが楽しく過ごしてくれれば安心するし、寂しい思いをさせずに済むから

――」

「なんでそんな、私を突き放すようなことを言うの？　旺ちゃん、もう私のこと好きじゃないの？」

「待って、俺は、イズが好きで大切だから言ってるんだって。俺のこと、世話焼いてくれるのは本当にありがたいし、幸せだと思ってる。だけど、イズのやりたいことを我慢しなくていいよ。料理が好きならそれを――」

「料理なんか好きじゃない」

電車を降りてから初めて、旺介の顔をまともに見た。

「好きじゃないって、だって――」

「私、料理なんか好きじゃない。私は旺ちゃんが好きなの。旺ちゃんと二人で食べるのが好きだし、デモだって旺ちゃんのためにやった。他の人が料理できようができまいがどうでもいい」

「だけどせっかく自分の世界が――」

「自分の世界なんて要らない。結婚したら二人じゃなくて一組でしょう？」

旺介の口が小さく開いたり閉じたりしている。まるでちまちまと何かを咀嚼しているようだ。

自分が突きつけたものの味が不意に心配になった。

「ごめん、ちょっと言いすぎた。旺ちゃんが私のことを思ってくれてるのは感謝してる。でも、私たち、まだ結婚して半年しか経ってないじゃない。旺ちゃん、前に言ったでしょ？　器を作るのは幸せを作るため、って。私たちも、家庭っていう器を作ったんだよ」

頑張って笑ってみせた。

「だからまず、二人で一緒に、いいものをたくさん入れて幸せを醸していきたいの」

「幸せか……」

旺介が口元をほころばせ、鼻で大きく息をついた。

「分かった」

納得してくれたのだろう。旺介の顔を強張らせていた何かがみるみるうちに消えていく。泉が手を差し出すと、素直に握り返してくれた。手をつないでマンションまでの道を歩いた。


――最初に夜中、かすかな物音で目が覚めたのは、その一週間後だった。

◇

「どこに行ってたの?」

泉は眠りに落ちかけた旺介の背中に声をかけた。

朝まで待てなかったのは、旺介の小さな裏切り――隠れマヨネーズを思い出したからだ。突然、泉を突き放すようなことを言い出したことも。

――イズにはイズの世界があった方がいいって。

旺介がゆっくりと仰向けになり、顔だけを泉に向けた。

「起きてたんだ?」

「外に出てたよね？　玄関で物音がした」

「玄関で？」

「なんか――」

うまい形容を思いつけずに口ごもった。

「がちゃっ、て、金属がなんか……。ドアのロックが閉まるような音？　だったと思う。それで、私、目が覚めたんだから」

旺介が大げさなほど目を見開いた。

「俺、出てないよ。イズ、寝ぼけてたんじゃない？」

「だって、音で目が覚めたんだよ？」

「本当に、玄関のドアが閉まる音？」

「――」

「俺がトイレか洗面所から出てくる音と間違えたんだよ、それ。ドアを出てすぐは洗面所とトイレでしょ。洗面所は引き戸だから、がちゃって音がするとしたらトイレのドアか」

「――」

「うるさくしてごめん。イズは朝早いんだから寝ないと」

旺介が泉をあやすように、頭をぽんぽんと撫《な》でる。

寝室のドアはベッドの頭側にあり、壁の向こうは廊下だ。泉が頭を横たえる位置はちょうど洗面所の向かい、トイレのドアはその隣だ。言われてみれば、玄関よりはそちらの方が近い。

「そっか。おやすみ」

寝ぼけたことの決まり悪さをごまかそうと寄せた頬を、寝返りを打つ旺介の肩がかすめた。いつも仰向けで眠る旺介が、泉に背を向けたからだ。「あ」と旺介があわてたようにまた、仰向けになって顔を泉に向けた。

「なんか最近、自然にこうなっちゃうんだよ。右の肩が下に」

「肩こり？」

「あ、それ。最近、会社で一日中パソコンにかじりついてるから」

ほら、と突き出された肩を触ると、固く張っているような気がする。もともと骨張っているからよく分からない。

「いいよ、あっち向いて寝て」

「いいよ。背中越しに泣かれたらヤだしさ」

「ないって」

笑う旺介の口元からこぼれたマウスウォッシュの匂いで思い出した。

「夜ご飯、食べた？」

「食べた。おいしかったよ」

「どれが？」

旺介が目を開き、探るように視線を泳がせる。

「油揚げを縛ってあるやつ」

「袋煮ね」

主菜に作った油揚げの袋煮だ。挽肉と野菜、春雨を合わせたタネを入れ、かんぴょうで口をしばって甘辛く煮付ける。控えめだが油気があるから旺介が気に入ったのだろう。

「おやすみ」

旺介の温かい肩に頬を寄せて目を閉じた。お腹いっぱいにおいしいものを食べたあとのように、とろりと眠気が泉の体を包んでいった。


しかし翌日の夜中もまた物音で目が覚めた。また旺介はベッドにいなかった。

次の日の夜更け、泉は玄関に立ち、ドアをゆっくり音を立てないように閉めてみた。二十三時過ぎの静けさも手伝って、ロックが掛かる音がいつもより大きく聞こえる。

もう一度、音を立てないように試してみたが、金属製だし築年数が経ったマンションのドアだから、まったく無音というわけにはいかない。

旺介もこんな風に音を忍ばせてドアを開け閉めしたのかもしれない。

そして眠ったふりをしている泉の横に、前と同じように滑り込んで背を向ける。枕元に携帯電話を置いて。

昨夜は前のように問いたださず眠ったふりをした。どうせまた同じことを言われるだろうと直感したからだ。

——イズ、寝ぼけてたんじゃない？

もう一度試そうとドアを開けて固まった。

ちょうど前を通った同じ階の住人も驚いて足を止める。あわてて「こんばんは」と作り笑いで挨拶してドアを閉めた。足音が遠ざかるのを待ちながら、バカみたいだと自嘲する。耳を澄ませて住人が入った部屋のドアが開き、閉まるのを音で確認する。

夜中に聞こえた音もこんな音だったような気がする。

「旺ちゃんに聞くしかないか」

口に出したのは自分に言い聞かせるためだ。

旺介の夕食の支度は済んでいる。入浴も済ませたし、会社から持ち帰ったラフスケッチでも見直そうと部屋に上がった。旺介の謎めいた行動が気になって仕事が手につかなかったのだ。

やっぱりもう一度だけ。玄関に戻り、三和土《たたき》に降りてサンダルをつっかけ、そっと開けようとしたドアが引かれて声を上げた。

外からドアを開けた旺介が驚いて手を離し、ドアが大きな音を立てて閉まる。あわてててまたドアを開けると、入ってきた旺介がドアを閉め、「びっくりした」と息をついた。

「何やってんの？　ドアなんか開けて。出かけるんじゃないでしょ？　その恰好で」

早口で問いただされ、頭の中が真っ白になった。

「あ、あの、そろそろ旺ちゃんが帰ってくるかな、って。お帰りなさい」

誤魔化そうととっさに旺介の首に腕を回し、唇に唇を押しつけた。

たじろいだが応じた旺介が、唇を離すと照れたような笑いを浮かべる。

「え、何？　その歓迎？」

「ご飯用意するね。ちょっと待ってて」

口元だけで笑い、奥に向かった。キッチンの手前で足を止めてトイレに入った。立ったままドアにもたれ、唇を拭った。指の匂いを嗅ぐ。

この味は何だろう。


古代ローマでは既婚の男が帰宅すると妻の口内を舌で探った。自分の留守中に妻がこっそりワインを飲んでいないか確かめるためだ。一説ではそれがキスの起源だという。

真っ暗な寝室にいるからだろうか。中学生のころ本で知り、同級生の女子と笑ったエピソードが不意に頭に浮かんだ。思い出し笑いをしそうになって口をつぐむ。座り直して再び息をひそめた。

いつものように用意していた夕食を温めて旺介に出し、二十三時過ぎに眠くなったからと寝室に引き上げた。それからずっとベッドの足元に座り、細く開けたドアの隙間から廊下の気配を窺っている。ベッドサイドの目覚まし時計は、夜光塗料を塗った針が二時前を指している。

そのとき、ダイニングキッチンに続くドアが開く音と同時に、廊下が常夜灯で薄明るくなった。

足音が寝室の前を通りすぎた瞬間、弾かれるように寝室から出た。玄関の前で旺介が声を上げて立ちすくんだ。

「何!?」

たじろぐ旺介が提げたコンビニ袋を取り上げた。

固く縛られた持ち手がほどけない。袋の横腹を引き裂くと、ペーパータオルの固まりが二つ落ちた。

「ちょっとイズ」

拾おうとした旺介より早くしゃがみ、体で遮って固まりの片方をつかんだ。むしると脂が染みたペーパータオルがすぐにちぎれ、中から現れたものを見て息を呑《の》んだ。

旺介のために料理した、夕食のチキンソテーだ。

紙のようにぱりぱりに仕上げた皮が折れる。弱火で一時間近く掛けてじっくり皮目を焼き、脂を取った。揚げ物気分を味わってほしかったからだ。

残る固まりは春野菜のごま和えだ。えびしんじょだけは食べたらしい。

見上げると、旺介が決まり悪そうに顔を背けた。

「ごめん、食欲がなくて。でも、残すとイズに悪いから」

「ハッピーマートのカレーくんでも食べた？」

近所のコンビニで最近売り出したホットスナックの名前を挙げた。

旺介にキスをしたとき、スパイスと脂、化学調味料が混じった味がかすかにした。どれも泉は普段食べないからよく分かる。

そして寝室に引き上げてから、携帯電話で「コンビニ」「カレー」「ホットスナック」で検索して見当をつけた。

図星だったのだろう。旺介は絶句している。立ち上がって続けた。

「会社帰りに脂っこいものを買い食いして、家ではご飯にマヨネーズとソース。胃もたれになるわけよね」

旺介が言っていたことだ。

――自然にこうなっちゃうんだよ。右の肩が下に。

胃がもたれているから、自然に庇ってしまうのだ。

「私が言ったこと間違ってる？　何か言って」

はあ、と息をついた旺介が、泉に向き直った。

「一日、仕事を頑張ったあとは、食べたいものを食べて、満足して寝たいんだよ」

「だからって、私が作ったものを捨てることないでしょう？」

「作らなくてもいいって言っても作るし、食べないと機嫌が悪くなるし、メニューを変えてほしいって頼んでも聞いてくれないし、じゃあ俺はどうすればいいの」

いったん落ちつこうというように、旺介が両手を握り合わせた。

「結婚してまだ半年だし、イズも頑張っちゃってるんだろうな、って思ったから。もう少し時間が経てば落ちついてきて、多少は譲歩してくれるようになるだろう、って思って。だから、それまでは……」

「食べものを捨てるなんて最低」

我慢できずに遮った。

廊下の物入れからゴミ袋を出した。チキンとごま和えの残骸を拾おうとしたとき、旺介が泉の手からゴミ袋を取り上げた。

「自分は？」

「え？」

「食事は作らなくていいって何度も何度も言ってるのに、それでも食事を作るのは、食べものを無駄にしてることじゃないの？」

「それは家族だから――」

「だったら、結婚前に言ってよ」

聞いたことのない低い声がぽつりと言った。

「俺の食事にこだわりすぎるのは、寂しい思いをさせてるからかなって思って、自分の世界を持ったらって勧めた。イズがカウンターキッチンのある部屋じゃなきゃ嫌だって言い張るから、俺、駅から遠くなっても我慢したんだよ。雨の日も風の日も十五分も歩くことになっても。それを、俺の好きなものは作ってくれないとか、料理は好きじゃないとか、勝手なことばっかり」

「――」

「俺、なんかもう、しんどい」

ゴミ袋を乱暴に広げた旺介がチキンとごま和えを叩き込む。そのまま泉の横を抜け、玄関から出ていく。

洗面所からティッシュボックスを取って、板張りの廊下に散ったチキンの脂とゴマだれを拭いた。震える手を床に押しつけて止める。

今、目の前にいた男は誰だろう。

出会ってから二年が経つのに、今、泉を責め立てた旺介はまるで初めて会う他人だ。食というものは、人をここまで変えるものなのだろうか。

ティッシュを何枚使っても、床の脂がなかなか取りきれない。染みのように広がった脂の上で、泉が落とした涙が丸く震えた。

# 2

分厚いベーコンが四枚フライパンに並び、じゅうじゅうと音を立てて焼けていく。

みるみるうちに脂が透明な液体となってベーコンの周りにせり上がっていく。旺介が火加減を調節しながら、隣の泉に得意げに告げる。

「泉ちゃん、これね、よーく焼くのがコツなんだよ」

「何を作るの？」

「楽しみにしてて」

ふふ、と笑う旺介の顔は、十二月に入った今、あちこちで見かけるサンタクロースの顔を思わせる。初めて一緒に過ごす週末、日曜の昼に旺介が得意料理をご馳走したいとキッチンに立った。

「何かな？」

つい、重ねて尋ねてしまう。

料理をする泉の部屋と違って、旺介が住む賃貸マンションのキッチンにはフライパンと小鍋くらいしかない。手料理を食べてもらうために、泉は部屋で下ごしらえした上に調理道具や調味料を持ち込んだくらいだ。

溜まった脂がベーコンをちりちりと揚げていく。立ち上る濃厚な燻製《くんせい》の香りだけで胃がもたれそうだ。

「初めてかも。こんな分厚いベーコン」

「デパ地下で買って冷凍してる」

「よく食べるの？」

「うん。休みに家でゆっくりできるときはこれ」

そのカロリーはどこに行くのだろうと骨張った体を見た。付き合いだしてから旺介には驚かされてばかりだ。

正直ぱっとしない見た目だし、物腰が柔らかく優しい。きっとプライベートは地味に大人しく過ごしているのだと思っていた。ところが付き合ってみると何もかも逆だ。

意外と頑固だ。そして陽気で社交的、友だちも多い。二人きりで会うようになってすぐに「泉ちゃん」と照れることなく呼ぶようになり、付き合おうと切り出したのも旺介だ。恋愛経験もそれなりにあるのだろう。ぐいぐい来られて戸惑ったくらいだ。

泉はといえば、東京に住む友だちに会いに行くのは、多くても月に二度。あとは一人で休日を過ごしていた。恋愛も数年ぶりだ。

「何を作るの？」

トースターに八枚切りの食パンを入れた旺介に、ついまた訊いてしまう。

旺介と泉は、食の好みもまるで違う。ファミレス舌と自ら言うように、旺介が好むものは肉と炭水化物。とにかく味が濃くて油っ気が強いものを求める。甘いものも好きでコーヒーにはクリームと砂糖をたっぷりと入れる。

フライパンの中で揚げられるベーコンが、やがて固く縮んだ。表面がやすりのようにざらついて脂で光る。

「焼けたな」

口調を弾ませた旺介がコンロの火を止め、フライパンをそのままにして冷蔵庫を開ける。ベーコンの脂をペーパータオルか何かで切らないと、と口を挟みたいのを必死で我慢する。

旺介が冷蔵庫から出したのは、イチゴジャムの大瓶だ。

泉が用意した皿に置いたトーストに、旺介は盛り上がるほどたっぷりとイチゴジャムを載せた。ついでフライパンから菜箸でベーコンを引き上げ、脂の小さな泡をまとわせたまま、ジャムの上に隙間なく並べた。

「どうぞ」

「え⁉」

「食べて」

「イチゴジャム？」

「食べて、熱いうちに。ベーコンがカリッとしてるのがいいんだよ」

旺介が屈託なく笑いかける。

改めてトーストを見ると、脂肪分、糖分、塩分がすごそうだ。ここまで体に悪そうなメニューを、泉は生まれてこのかた口にしたことがない。

もともとさっぱりした味が好きだし、食欲旺盛なティーンエイジャーのころでさえジャンクフードはそれほど食べなかった。ファストフードだって一番シンプルなハンバーガーをたまに食べるくらいだ。

時間稼ぎのために尋ねた。

「でも、旺介さんのは？」

「すぐできるからお先に」

「ん……」

「一口でいいから食べてみて？」

旺介はコンロのつまみに掛けた手を止め、振り返って泉の目を覗き込む。

恐る恐るトーストを手に取ると、ジャムが縁から溢《あふ》れて手に垂れる。あわてて口で受けたついでに思い切ってかじりついた。

ジャムの甘さに脂と塩気が加わる。固く縮んだベーコンを噛み切ると、脂と塩気がさらに沸き上がる。咀嚼すると口の中いっぱいに甘塩《あまじょ》っぱさが広がる。

泉が慣れ親しんだ優しい味とはまるで違う。がつんがつんと舌に打ち付けるような強烈な味わいだ。

噛み締めていると旺介が待ちきれないように問いかける。

「どう？」

「おいしい」

「でしょう⁉」

拳を握って喜ぶ旺介に思わず顔が緩んだ。もっと笑ってほしいとさらにかじる。

初めて酒を飲んだときのようだ。おいしいと思って口にしているわけではない。胸を高鳴らせているのは、知らない世界に足を踏み入れる興奮、禁を破るスリルだ。

トーストを食べ進めていく泉を追うように、旺介も完成したトーストにかじりつく。

「うま」

「ね」

泉と同じようにこぼれそうなジャムを口で受けた旺介が言う。

「ベーコンを切らしたときにさ、どうしても似たようなのが食べたくて、代わりにポテチを載せたことがあってさ」

「ポテトチップスを？　うそ⁉」

「これが結構イケるんだって。次はそれやってみる？」

「えー、本当においしいの？」

笑いすぎで顔を上気させながら、カフェオレで舌を洗いつつ食べ続ける。

一口かじるごとに、自分を閉じ込めていた強固な殻が割れていくようだ。この奇妙な世界を旺介と共有しているのが嬉しい。

◇

鶏挽肉と豆腐のハンバーグ、さわらの西京焼き、大根と厚揚げの煮物、青のりとなめこの味噌汁。

ダイニングテーブルで済ませた遅い朝食の皿を横に、開いた食事日記を読み返している。ハートマークがついた夕食のメニュー名を目で探す。

日付は十二月初め。結婚して一ヵ月強、泉が旺介の帰りを待って一緒に夕食を食べていた頃のメニューだ。

――夜は、このくらいさっぱりしたメニューの方がいいかもな。

体の切れが良くなったかも、寝起きが良くなったかも、と旺介が喜んでいたのを覚えている。あの頃の旺介もおそらく、ベーコンとジャムのトーストを食べたときの泉と同じ気持ちだったのだろう。

そして食事日記は今、空白が二日続いている。

いつもよりダイニングが薄暗いせいで気持ちが沈む一方だ。開け放していたキッチンとリビングの間の引き戸を、今は閉めてあるからだ。

――食べものを捨てるなんて最低。

作りおいたヘルシーな夕食を、旺介がこっそり捨てていたことを知って怒りをぶつけた。その夜から旺介はリビングで寝起きしている。

――食べて帰ります

泉が退社する時間になると機械的にメッセージが届いた。二日間、まったく同じ文面だった。どこかに寄り道でもするのか帰りも遅く、この二日、顔もまともに見ていない。

時計を見ると朝の九時を過ぎている。もう目は覚めているのではないかと耳を澄ませたが、リビングからは何も聞こえない。

思い切って立ち上がり、キッチンに入った。

冷蔵庫からベーコンのパックを出して開けた。全部細切りにしてからフライパンを熱し、ベーコンの一部を重ならないように散らした。

やがて小さく音を立ててベーコンが焼け始めた。換気扇は回さない。香ばしい匂いが立つままに、弱火で丁寧に混ぜながらゆっくりと焼き続ける。

焦げる寸前まで炒めたベーコンをキッチンペーパーの上に取る。どうにかベーコンビッツに使えそうだ。フライパンを拭き、新たにベーコンを散らして焼く。チラシで折った箱に新しいペーパータオルを敷いて脂を抜いたベーコンを入れる。

繰り返すうちにベーコンの香りがしなくなって焦った。鼻が慣れただけだと言い聞かせる。きっと香りはダイニングを満たし、閉ざされた引き戸の隙間をくぐり抜けてリビングに届くはずだと。

リビングの引き戸が開いた。

ちらりと目の端で見ると、寝起きの旺介が出てくる。知らん顔でベーコンを炒め続けた。

旺介がこちらに向かった。身構えたが、旺介はキッチンの横を通り過ぎて廊下に出ていく。トイレや洗面所のドアが開いたり閉まったりする音が聞こえる。

もしかしたら寝室に直行して着替え、どこかに出かけてしまうかもしれない。廊下に続くドアへと身を乗り出したとき、再び旺介が入ってきた。

あわててフライパンに向き直り、作業を続けていると、キッチンの入口で立ち止まった旺介がためらいがちに呼びかける。

「何、作ってるの?」

つまんだベーコンをこぼすくらいほっとした。

チラシの器の中で冷めたベーコンビッツを冷凍用の小分け容器に入れていく。泉のメニューでは二ヵ月は持ちそうなくらいベーコンビッツができている。

旺介がキッチンに入り、泉の隣に並んだ。

「ごめん、捨てたりして」

顔を上げると、じっと見つめる目と目が合った。なぜ謝られると余計に腹が立つのだろう。

「どんな理由があっても、食べものを捨てたのは悪かった」

「食べものだけじゃない。旺ちゃんは私の気持ちを捨てたの」

「分かってる。年度末からずっと、寂しかったよね？　ほんとごめん。イズがぴりぴりするのも分かるって反省したから」

「寂しかった、って――」

「だから、ゴールデンウィークは二人でのんびりしよう。ね？」

解決とばかりに、旺介が食器棚から自分のマグカップを出し、コーヒーメーカーに向かう。

会社でのデモンストレーションのあと、不機嫌になった泉に旺介が言ったことを思い出した。

――疲れたよね。

疲れてる。寂しかった。どうしてそんなひと言で片付けてしまうのだろう。

「イズ、どっか、行きたいとこある？」

「考える」

旺介に背を向け、ベーコンビッツを冷凍庫に入れた。

まるで空きっ腹のようだと思う。何かを入れたくてたまらないのに、差し出されたものは入れる気になれない。かといって何を欲しているのか自分でも分からない。

掃除でもして気分を変えようと調理台を片付け始めたとき、着信音が聞こえた。

カウンターに置いてあった泉の携帯電話のランプが点滅している。東京の友人から誘いでも来たかと届いたメッセージを開いた。

——何時に来る？

アイコンを見て黙り込むと、コーヒーを飲み始めた旺介が泉を見た。

「どうした？」

「お義母《かあ》さん。『何時に来る？』って、それだけ。旺ちゃんのところにも一緒に送ってるよ」

「『来る』、って、帰って来るの『来る』？」

「そうでしょう。お正月に、ゴールデンウィークにまた、って旺ちゃんが言ったから」

正月の挨拶は新婚早々だったので日帰りで済ませたが、引き止める義母に旺介が調子よく言っていたのを覚えている。

「行かなくていいよ。二人でのんびりしようって」

「そういうわけにはいかないでしょ」

朝の九時過ぎに前置きなしで催促のメッセージを送りつける義母なのだ。

再び着信音が鳴る。

——お昼？

旺介にそれを見せてから告げた。

「午後遅めでいいかな」

「いや、でもイズ、疲れるでしょ、俺の実家なんか」

「買ってかなきゃならないものとかあるから、早めにお昼を食べて出よう」

旺介の返事を待たずに義母に返信を打った。

「ありがとう。新幹線の席、取れるか見てみる」

パソコンを置いてあるリビングに向かおうとした旺介が足を止め、調理台に置いたチラシの箱を見て笑った。

「懐かしい。さすが先生」

「先生？」

「折紙の」

「ああ、折紙ね」

旺介と付き合いだしてまもなく、折紙講師の資格を取るからと言い訳をして、十日ほど距離を置いたことがある。

仕事で紙製のパッケージデザインを手がけるときのためだと、旺介や周りには説明した。本当はあのときも、二人の違いを目の当たりにして戸惑ったからだった。


旺介の実家は二人が暮らす街から百キロほど北にある。新都心から小一時間新幹線に乗り、そこからは各駅停車で三駅。駅からはタクシーに乗る。他に交通機関はない。年齢に応じて自転車、原付、車を使うのだそうだ。旺介は十六歳になってすぐに原付の免許を取ったと、初めて訪れたときに教えてくれた。

窓外は畑と田んぼと木々、そして住宅の固まりが迷彩色のように続き、道路沿いに毒々しい色の路面店がイルミネーションのようにまたたく。二人が暮らす街も静かだが、この街は東京都心で生まれ育った泉にとって無人地帯に思える。空がどんどん広くなっていくのと反比例して、閉じ込められていくような感覚に襲われていく。

十五分ほどで二階建ての一軒家にたどり着いた。祖父の代から住んでいるという旺介の実家だ。家から直接出入りできる車庫には二台の車が並んでいる。庭はわずかしかないが、代わりに畑が後ろに広がる。仕切っているのは義母だ。

「もう、連絡ないから心配したじゃない」

玄関に入るなり、義母が泉に向かって膨れてみせる。旺介同様、地味な顔立ちで痩せている。結婚前の挨拶、両家の顔合わせで設けた食事会、旺介の親戚を集めての結婚報告会、正月、そして今日。義父母の訪問を入れても会うのは六回目だ。

「すみません、うっかり」

「朝起きて携帯を見ても何も連絡が来てないじゃない？　記憶違いかってパパにも確認しちゃったわよ」

「来たんだからいいじゃない。なあ、チル」

面倒くさそうに言い捨てた旺介が、走り寄った白いスピッツを抱き上げて奥に向かう。構わず、義母は甘えるような喋り方で泉に畳みかける。

「そういうことじゃないのよ。来てくれると思って夕飯を用意してあげてるんじゃない。来てくれなかったらどうしようって思っちゃうでしょう？」

「そうですよね、こっちから伺うって言ったのに、お義母さんに心配掛けちゃって……。本当にすみません」

義母の機嫌が悪いときは、言いたいだけ言わせるのが一番だ。結婚式を二人だけで行うと旺介が伝えたときも、ひとしきり不満を言ったら諦めてくれた。

今日もキッチンに入ったころには、義母はけろりと笑顔になる。

「泉ちゃん、お魚好きだって言ってたから買っておいてあげたわよ」

「わあ、嬉しい。ありがとうございます。お世話になります」

泉が差し出した菓子折を、義母は「ああ」と受け取り、ダイニングテーブルの端に積み上げられた新聞や雑誌の上にぽいと載せる。

「泉ちゃん、お腹空いたでしょ？　おいしいお菓子を買っておいたから。今お茶入れるね」

これまでと同じだ。持参した土産を泉がいる間に開けてくれたことは一度もない。

義母は慈愛に満ちた女王なのだ。息子は家庭を持ち、娘も就職した。夫に守られ、何の不自由もない生活の楽しみは、下々のものたちにご馳走を振る舞うことだ。

「お義母さん、手伝います」

六人掛けのテーブルがあるダイニングの向こうにある座敷には、すでに料理が並び始めている。「それじゃ」と渡されるのは台布巾だ。座卓を拭いたり料理を運んだりするのは手伝わせてもらえても、料理は一切させてもらえない。女王は一人いればいいのだ。

午後六時過ぎ、出かけていた義父と義妹の弥生《やよい》も加わり、五人で座卓を囲む。チルは義母にくっついて、並んで座った泉と旺介をうさんくさそうに一瞥《いちべつ》する。

「いただきます」

めいめいに箸を取った。泉だけはスーパーでもらえるビニール入りの割り箸だ。パックのまま出されているポテトサラダやエビチリを買ったときに貰《もら》ったのだろう。

「泉ちゃん、遠慮しないで食べてね」

義母にサーバーを渡され、まずは耐熱皿のドリアを皿に取り、箸で口に運ぶ。

「泉ちゃん、どう？」

「おいしいです」

ドリアは味が薄い。妙な弾力のある固まりはホワイトソースにできたダマだ。しかし、義母は当然とばかりに、義父の皿にドリアをどんと盛る。

「今日は粉チーズじゃなくてわざわざ固まりをおろしたのよ。いつもよりおいしいでしょ。ねえ、パパ？」

「うん、おいしい」

お世辞なのか本心なのか、上座に座った義父は、ビールを飲みながら義母が盛ったドリアを淡々と食べている。市役所の市民課に勤めていて、あと二年で定年を迎えるという。早くも酔いが回ってきたのか、薄くなった頭や体同様ぽってりと肉がついた頬が赤らんできている。

「弥生ちゃん、変な食べ方しないの」

「コラボ」

泉の向かい、義母の隣に座った義妹の弥生はドリアのライスだけを取ってエビチリを載せて食べている。

地元のショッピングモールで働いている弥生は一歳年下。義父に似たぽっちゃり体型で、巧みなメイクと凝ったネイルアートを施している。まだ、数えるほどしか喋ったことがない。義母の弁が立つので喋る隙がないのだ。

「泉ちゃん、遠慮しないで食べて。旺ちゃんも野菜」

自信たっぷりに手料理を勧める義母を見るといつも感心する。

ポテトサラダがあるのに出されたジャガイモとさつま揚げの煮物は、ジャガイモが生煮え。ホウレン草のごま和えは水っぽい。バランスを取ろうと小鉢に盛られたしめじの炒め物を口に入れた。既製品らしく、ぴりっと何かの添加物が舌を刺す。思わず箸を止めた泉を見て、向かいで食べている弥生が怪訝そうに見る。とっさに「おいしい」と笑って誤魔化した。

不味《まず》いだけならまだ我慢して飲み込める。

「あ、お魚を忘れてた」

キッチンに立った義母が持ってきたのは刺身のパックだ。プラスチックの陶水皿《とうすいざら》を見て、旺介が「うちの会社の製品だ」と喜ぶ。きれいに並んでいるのはカツオの刺身だ。

「泉ちゃん、食べて。泉ちゃんのために買ったんだから」

生煮えのジャガイモで口が塞がれている。後でとジェスチャーで示すと、義父が先に箸を伸ばした。

「ごめんね、お先に」

斜めに倒れた刺身に箸の片方を差し込むようにしてつまみ上げ、自分の皿に運ぶ。この家は基本、直箸《じかばし》なのだ。結婚の挨拶に訪れ、最初に食事を共にしたとき驚いた。

「泉ちゃん、どうぞ」

「旺ちゃん、先にどうぞ」

「俺いい」

「おいしいのに。ほんと子どもみたいな舌なんだから」

義母が呆《あき》れ、「泉ちゃん」と促して小皿に醬油を入れてくれる。

「いただきます」

一番上の刺身を取りながら頭の中を無にした。刺身を醬油につけ、機械的に嚙んで飲み込む。

「お義母さん、おいしいです。初鰹《はつがつお》」

「でしょう。ここのお刺身はおいしいの」

解説を聞きながら、アルコール消毒代わりに乾杯用のビールを一口飲んだ。くくく、と笑い声が聞こえ、人の気も知らないでと隣に顔を向けた。

旺介はテレビを見ている。義父も義母も弥生も食べながらテレビに顔を向け、海外の名所をレポートするお笑いタレントのトークに聞き入っている。舞台がオーストラリアのケアンズに変わると、弥生が小さく声を上げて泉に顔を向けた。

「オーストラリアだよ。泉さんのお姉さん出てくるかも」

三歳年上の姉は、オーストラリアで現地の人と結婚して暮らしている。距離もあって旺介一家にはまだ会わせることができずにいる。

「泉ちゃん、お姉さんはお元気なの？」

「はい。おかげさまで」

「ちょっと、見て見て」

旺介がお笑い芸人のリアクションを指差してけたけたと笑った。座布団の上であぐらをかき、テレビを見ながらエビチリを口に運んでいる。

こんなにリラックスした笑い顔を泉との食卓で見たことはここのところない。疎まれている夕食のときはともかく、休日の食卓でも。

――こういう方がいいのかなあ。

ごま和えとともに嚙み締めたとき、義母が「旺ちゃん」と呼びかけた。

「お皿貸して、煮物も入れてあげるから」

「いい」

「まったく好きなものばっかり食べて。泉ちゃん、大変でしょう、この子に食べさせるのは」

「ええ、まあ」

旺介が箸を止めて泉に顔を向けた。ちょっと胸がすく。もう少し何か言ってやろうかと思ったが、義母が旺介に呼び掛けた。

「じゃあドリア入れてあげる、貸して」

「いいって」

「どうして。今日まだお代わりしてないじゃない」

「泉さんの味に慣れたんじゃないか？」

義父が笑う。やめて、と心の中で義父に呼びかけたが通じない。

「泉さん、料理が上手いもんなあ」

旺介と結婚して一緒に住み始めてから、一度だけ義父と義母が遊びに来た。泉の心づくしの夕食を義父と旺介は褒め、義母は切り方が細かすぎる、盛りつけが少なすぎる、と細かく文句をつけた。

今も義母の顔がみるみるうちに強張《こわば》る。しかし旺介は気づかないのだろう、泉をちらりと見てから機嫌を取りにかかる。

「うん。イズ、料理が上手くて会社でデモンストレーションもやるくらいだから」

「へえ、すごいなあ」

「うん。会社でもフードコーディネーターの代役を務めるくらいで、作った料理にも社員が群がって――」

「パパ、お兄ちゃん、ビール」

弥生が雰囲気を察したのか、義父、旺介と缶ビールを注いで飲ませる。泉も義母の機嫌を取ろうとごま和えをたっぷり皿に取ったとき、義母がにこりと笑った。

「そうなの？　旺ちゃん、よかったねえ。料理上手なお嫁さんで」

シュウマイを温めてくる、と義母がキッチンに向かう。弥生が父と兄を小声で叱った。

「パパ、空気読んで。ママが可哀想」

「可哀想？」

「ママ、自分のドリアをお兄ちゃんがおいしい、おいしい、って食べてくれるのが幸せなの。いつも喜んでたじゃん。母の味を拒否されたら寂しいって」

「ああ……。確かに前は旺介、がつがつ食べてたもんな」

箸を止めた旺介と目が合い、互いに逸らした。

弥生が旺介にサーバーを突きつける。

「お兄ちゃんも親孝行だと思って食べてあげなよ、前みたいに」

「はいはい」

旺介がサーバーでがさっとドリアを皿に盛る。

——母の味。

泉も皿に残ったドリアを箸でつまみ、口に入れた。

正月に日帰りで訪れたときに出されたものを思い出してみる。お取り寄せのおせちとオードブル、義母の雑煮。義母のドリアは出なかった。

その前に旺介がこの家で食事をしたのは、去年の八月。結婚を告げるために泉を連れて訪れたときだ。

一方で旺介は、付き合い始めてから現在までの一年半、結婚前は毎週のように、結婚後も二週に一度は泉のドリアを食べている。

旺介の味覚は変わりつつあるのだ。

義母がシュウマイを入れた皿を手にキッチンから戻ってくる。緩みかけた頬を慌てて引き締める泉をよそに、旺介に話しかける。

「旺ちゃんたち、今日、泊まっていくよね？」

「は？　日帰りって言ったから」

「えー、いいじゃない。晩ご飯を食べただけで帰っちゃうなんて寂しい。ねえ？」

「母さん、また来るから」

「近くにおいしいパン屋さんができたの。旺ちゃんたちに食べさせてあげたいなーって思ってたとこ。明日買ってきてあげるから」

女王様は権力を取り戻そうと必死だ。泉を見る目は笑っていない。

「ね、泉ちゃん、いいよね？」

「……旺介さんがよければ、私は」

結局、一泊することになった。その上、後片付けが済んだあと、義母に手伝いを頼まれた。らっきょうの皮剝きだ。

弥生はネイルアートを口実に逃げ、旺介は要るものがあるからとコンビニに出かけてしまった。座卓に敷いた新聞紙に広げた山盛りの皮付きらっきょうを前に、義母が泉に命じる。

「私、容器と漬け汁の準備をするから泉ちゃんはらっきょうの皮を剝いてて。こうやって皮を剝いて、根は残して。最初に塩漬けにするから、根を全部取ると塩が入りすぎるのよ。テレビ見ながらでいいわよ」

「らっきょう？」

風呂に入るところの義父が廊下から居間を覗き、義母に顔を向ける。

「なあ、泉さんに皮剝きなんかさせなくても。せっかく休みの日に来てくれたんじゃないか」

「泉ちゃんたちにもお裾分けするわよ。旺ちゃんの好物だし。カレーに合うって」

「私、こういう細かい作業好きですから」

義母の機嫌がまた悪くなったらたまらない。義父にとびきりの笑顔を作ってみせる。

「弥生にさせたらいいだろう。休みに遠くから来てくれてこんな」

「泉さんがやりたいって言ってるんだからいいじゃない」

「お義父《とう》さん。私も、作り方を覚えたいですから」

笑顔でダメ押しをすると、義父が「そうか」とようやく引き下がった。義母が「お願いね」とキッチンに向かう。

助かった、と胸をなで下ろし、余った新聞紙で剝いた皮を入れるゴミ箱を折っていると、ほどなく義父がまた入ってきた。

「泉さん、これ」

差し出されたのはスプーンだ。

「らっきょうの匂いがついたら、これを石鹼《せっけん》みたいにして洗うといいよ。匂いが取れるから。ステンレスは生ものの匂いを取るんだよ。釣り仲間に教わってから私も――」

「ありがとうございます」

キッチンで聞き耳を立てている義母が気になり、礼で遮ってスプーンを受け取った。義父も泉の内心を察したのか、声をひそめる。

「泉さん、嫌だったら嫌だって言っていいんだからね。家族なんだから」

「はい。ありがとうございます」

まだ心配げに見る義父に、少し早口で告げてもう一度頭を下げると、義父がようやく出ていく。いつ義母の導火線に火がつくかと張り詰めていた気持ちが緩み、ほっと息をついた。カットソーの袖をまくり、らっきょうと向き合った。

キッチンから漂い始めた昆布出汁の匂いを嗅ぎながら皮を剝いていく。夕食の席での義父の言葉が頭の中で何度も再生される。

——泉さんの味に慣れたんじゃないか？

つややかならっきょうの横腹にうっかり爪が食い込み、刺激臭とともに目がぴりっと痛んだ。あわててまばたきをして痛みをまぎらわせる。

母の味から旺介を引き離してしまった。

泉だけではない。旺介もまた後戻りはできない。二人とも、もう結婚する前には戻れないのだ。

マナーモードにして座卓に置いておいた携帯電話が震え、離れて寝ていたチルがぴくりと首を伸ばす。画面に表示されたメッセージは旺介からだ。コンビニで幼馴染みの八木《やぎ》と出くわしたという。

——八木の家にちょっと寄ってく

目が覚めたとき、一瞬どこにいるのか分からなかった。遥《はる》か上に思える腰高窓《こしだかまど》を、フローリングに敷いた布団から見上げる。白木のブラインドが閉まっていても明るくてすぐに目を閉じた。

——俺の部屋、東向きだから家中で一番に朝が来る感じ。

旺介が言っていたことを思い出し、はっと体の向きを変えた。

隣に敷いた布団に旺介はいない。人が寝た形跡もない。幼馴染みの家で騒いでいるうちに、酒でも飲んで寝てしまったのかもしれない。

携帯電話を探すと顔のすぐ横にあった。寝落ちしたからだ。時計は六時前を表示していた。

――今どこ？

　旺介にメッセージを送信する手から、かすかにらっきょうの匂いがする。

　昨夜は結局山盛りの皮付きらっきょうをほぼ一人で剝き、義母が塩漬けにするのを手伝った。終わって義父のスプーンで手を念入りに洗ってから風呂に入らせてもらい、早々に部屋に引っ込んだ。旺介が置きっぱなしにしている本や漫画をめくったりして暇つぶしをし、日付が変わってしまったと溜め息をついたのを覚えている。

二度寝はできそうにない。起き出して着替え、布団を畳んでそっと部屋を出た。

家の中は静まり返っている。義母たち三人と一匹はまだ起きていないらしい。そっと階下に降り、もう一度念入りに手を洗ってから歯を磨いた。座敷に座り、携帯電話をチェックしたが返信は届いていない。

旺介が無断外泊をするなんて結婚以来初めてのことだ。矢も楯《たて》もたまらず玄関に向かった。外に出ると、春とはいえ早朝の空気は少し肌寒いくらいだ。そっとドアを閉め、家の横にあるガレージの入口に目をやった。停まっている二台の車の横に、旺介が乗っていった自転車は戻っていない。

人が出入りする門戸を開けて表に出る。向かいは畑、両隣に並ぶ家はどこも静まり返っている。途方にくれて立ち尽くした。

旺介はどこで夜を過ごしたのだろう。

――もう、しんどい。

旺介がこっそり夕食を捨てていたことを咎《とが》めたとき、こぼされた言葉を思い出した。

たまらず携帯電話を出し、もう一度メッセージを送ろうとしたとき、金属が軋《きし》む音が小さく聞こえた。角を曲がって現れたのは、自転車に乗った旺介だ。

怪訝そうな顔の旺介が泉の前で自転車を止める。コンフォートサンダルを履いた足はソックスを履いていない。

「イズ？」

「――――」

「あ、ごめん。酔って八木の家で寝ちゃってさ。ソックス脱いだまんま忘れてきちゃったよ」

「さっき連絡したのに」

「もう家に着くとこだったから。え、そんな時間経ってないよね？」

食だけでなく時間の感覚も違うのかと悲しくなった。

旺介はガレージのアコーディオン式門扉を開けると自転車を入れながら、にやりと笑ってみせる。

「こんな朝早いのに、起きて外まで出てきてくれたんだ」

首をすくめるような上目遣いが、お見通しとばかりに泉を見つめる。

「連絡がないから」

「心配してくれたんだ」

笑いを含んだ声にはかすかに勝利の響きがある。付き合い始めたころ、旺介と距離を置かなければと警戒心を抱かせた声だ。距離を詰めた旺介から一歩退いた。

「ガレージが開けっぱなしじゃないか気になっただけ。上からじゃ見えないし」

旺介がまた距離を詰める。

「心配してくれたんでしょ？」

「帰ってこなくて連絡もなかったら心配するのは当たり前じゃない。事故にでもあってたらどうしようって思うよ。お義母さんに旺ちゃんはどこかって聞かれて答えられなかったりしたら――」

今度は捕まった。

逃れようとのけぞった背中が車の横側にぶつかる。旺介の顔が迫る。そして鼻をひくつかせ、泉の手をつかんだ。

「らっきょう？　この匂い」

「やめて、外だよ」

旺介が着ているブルゾンからは、かすかに煙草の臭いがした。一緒にいた幼馴染みが吸っていたのだろう。

風呂に入らず一夜を明かした体の首の辺りからは、かすかに脂っぽい匂いがする。脂ものをたくさん食べたとき、毛穴からにじみ出る体臭だ。

気づくと抵抗を止めていた。旺介が満足げにささやく。

「早く帰って、二人でゆっくりしよう」

答えの代わりに顔を伏せた。

ベーコンとイチゴジャムのトーストと同じだ。腹が空いていれば我慢するしかない。好みが違うならばどちらかが合わせるしかないのだ。

新聞配達のバイクが家の前を通る。反射的にダンスのように抱き合いながら奥に一、二歩逃れ、つい笑ってしまったとき、泉の頭上越しに奥を見た旺介が、びくりと体を離した。

「父さん⁉」

「お義父さん⁉」

あわてて体の向きを変えた。

旺介の視線を追い、二台並んだ車の後ろを見た。家の中に続く扉と、工具やがらくたを満載した棚の間に置かれた古い一人掛けソファーに義父が座っている。

昨夜と同じジャージ姿だ。微笑《ほほえ》むような顔で目を閉じ、口を小さく開けて棚にもたれている。

抱き合っているのを見られたのではと顔が熱くなった。

「ちょっと、何こんなとこで寝てんの？　父さん？」

旺介が義父に歩み寄り、肘掛けに掛けた腕を叩いた。ついでつかんだ腕を揺する。

しかし、義父は目を覚まさない。旺介の横顔から笑みが消えた。

「父さん――」

義父の手に触れた旺介が息を呑み、弾かれたように手を引っ込めた。泉に向けた旺介の顔が、みるみるうちに引きつっていく。口が義父と同じように小さく開いている。

まさか、と泉も旺介の横から義父の手に触れ、同じように息を呑んだ。

見えない棒を握ったかのように曲げられた手指は氷のように冷たかった。

「……義父に、声をかけても目を覚まさなくて……。手が冷たくなっていて、驚いて、主人が、とにかく救急車を呼ぼうって……」

向かいでメモを見た警官が指で確認するように叩《たた》き、ついで何かを記入する。座敷のガラス窓の向こうにも警察官の姿が見える。階上から絶え間なく聞こえるチルの吠え声と相まって現実とは思えない。

「奥さん？」

向かいに座った警官に呼びかけられるのもだ。

救急車を呼んだが、救急隊員は死亡を確認すると警察と遺体の搬送車を呼んだ。

人が自宅で亡くなると、不審死の疑いがないか警察が介入すると初めて知った。義父は近隣の大学病院に運ばれて検死を受けている。家族は二階で待機するように言われ、警官がガレージで現場検証中だ。泉は第一発見者の旺介に続いて事情聴取を受けている。

「どうして奥さんとご主人は、こんな早朝からガレージにいたんですか？」

「主人を迎えに出て、主人が自転車をガレージに戻したので、その流れで」

警官が取っているメモをまた指で叩く。旺介の供述と合致していることを一つ一つ確かめているのだ。

「昨夜、お義父さんに何か変わった様子はありませんでしたか？」

座敷でらっきょうを剝いていた泉と、キッチンで漬ける準備をしていた義母に、義父は風呂上がりに挨拶をして二階に上がった。それが最後に見た姿だ。

「なかったと、思いますけど……。よく分かりません。まだ、数えるほどしか会ったことがなくて」

また指で供述を確認し、新たに記入した警官が座り直した。

「ありがとうございます。二階に戻ってください」

「あの、上に少し、食べるものを持っていってもいいですか？　誰も、何も食べていなくて」

警官の許しを得て、隣のキッチンに入った。冷蔵庫にあったペットボトルのお茶を四人分グラスに注ぎ、昨日持参したクッキーの箱を開けた。勝手に開けられるものはそれくらいしかなかったのだ。

クッキーと飲みものを載せたトレイを手に、玄関に立って階段を見張っている警官に会釈をして階段を上がった。チルの吠え声に混じって自室で電話している弥生の声が聞こえてくる。

「叔母さん、すぐ来て。パパが死んじゃったの。ほんとだって。よくわかんないけど、とにかく来て。今すぐ」

訴える弥生のそばにトレイを置いてから義父母の部屋の前に立った。開けっぱなしのドアから、そっと中を覗いた。

「お義母さん、警察の方が、話を聞きたいって」

義母は畳の上にぺたりと座り、身をよじって吠え続けるチルを抱いている。甲高い吠え声もまるで耳に入らないかのように、ぼうっと宙を見つめている。

重ねて呼び掛ける泉の声を聞きつけて弥生と旺介も顔を覗かせた。

「母さん」

「ママ。行かないと」

弥生がチルを抱き取り、義母がようやく立ち上がった。別人のように力ない口調が言う。

「警察官の取り調べなんて私初めて」

「怖い人じゃなかったよ。ね？」

旺介に合わせて泉がうなずいてみせると、義母が力なくうなずき返す。

「あ、母さん。警察の人が、父さんはどうしてガレージにいたんですか、って。イズも聞かれた？」

「聞かれた」

うなだれていた義母の肩に力が入ったのが分かった。

「何か取りに行ったんじゃないの」

義母が泉の視線を振り切るように階下に降りていく。弥生が溜息をついた。

「もう訳わかんない……。ママ、大丈夫かな……？」

「とにかく俺たちでこれからの準備をするしかないだろ」

旺介たちに続いて弥生の部屋に入り、チルを引き受けた。「ありがとう」と弥生がクッキーにかじりつく。旺介は弥生のものらしい、可愛いステッカーで飾ったノートパソコンに向かった。横から画面を覗くと葬儀会社のホームページが表示されている。

「旺ちゃん、お義父さん、いつ戻ってくるの？」

「事件性がなければ半日くらい、事件性があったら解剖もするから、十日くらいかかることもあるって。とにかくどこかの葬儀会社に頼まないと何が何だか。イズ、身内で葬式とか最近あった？」

旺介たちの祖父、祖母が亡くなったのは十年以上前で、葬儀の手配など見当もつかないという。泉も似たようなものだ。

「喪主は母さんにやってもらうとして」

「え、喪主ってお兄ちゃんがやるんじゃないの？　長男でしょう」

「ここに同居してたら俺が喪主だろうけど、家を出ちゃってるし、父さんの仕事を継ぐとかでもないし。えーと、施主？　それを俺がやるみたい」

「お兄ちゃん、お葬式ができない日ってあったと思う。友引《ともびき》だっけ？　だいたい今連休中だし、休みの日ってお葬式できるの？」

　旺介が顔を引きつらせ、パソコンを猛然と操作する。何か手伝わなくては、と獲《と》りたてのマグロのように暴れるチルを抱えつつ、弥生が作ったリストを視線でたどった。結婚するときに出した挨拶状のリストのようだ。名前がずらりと並んでいる。

「旺ちゃん、ご飯は？」

「ご飯？」

「これからお客さんがたくさんくるでしょう」

　泉はリストを視線で旺介と弥生に示した。旺介が「それは」とパソコン画面を指で示す。葬儀会社のパッケージプランだ。

「この『やすらぎ』とか『ともしび』に含まれてるんじゃない？　ほら、葬儀一式、会食含むって」

「お通夜や告別式の食事は含まれてるだろうけど、それ以外の時は？　それに、お義父さんを家に戻してもらうまでに十日かかるかもしれないって。それまでは？」

　旺介も弥生も、それぞれマウスやクッキーに置いた手を止めた。

「弥生ちゃん、電話した人にすぐ来て、って言ってたし。夫婦や家族で来る人もいるよね……。そうしたら、人数だってそれなりになると思うし、連休中だから泊まるところだって」

旺介も弥生も固まっている。

畳みかけすぎたと反省し、少し口調をゆっくりにした。

「旺ちゃん、お義母さんに相談して」


検死と現場検証の結果、義父は急性心不全による自然死と診断され、夕方に家に戻された。不幸中の幸いで、ゴールデンウィークの中日に葬儀を執り行えることになり、その夜が仮通夜、翌晩が通夜と決まった。

義父の帰宅とほぼ同時に親族が続々と詰めかけた。義父の姉と弟、義母の妹二人、そして双方の家族。実家の親戚付き合いがほぼない泉は、親族の多さに圧倒された。

一階の座敷に棺《ひつぎ》を安置し、家族親族が交代で線香の番をして夜を明かすことになった。二階の三部屋は幼い子を連れた旺介の従姉妹《いとこ》二家族が一室を使い、残り二室はそれぞれ男性と女性に割り当てられた。泉は義母と弥生、義母の妹二人と同じ部屋を使うことになったが、ろくに休む暇もなかった。

寿司やオードブルを出前で取ってもそれだけというわけにはいかない。憔悴《しょうすい》し親族や弔問客の応対をする義母に代わり、弥生や親族に手伝ってもらってお茶を入れお吸い物を作り、オードブルを温め、親族や近所からの差し入れをさばいた。義母の妹二人に教わりながら、いなり寿司や海苔《のり》巻き、うどんを作ったりもした。

旺介は葬儀会社との打ち合わせ、親族との打ち合わせとめまぐるしく動き続けている。ろくに会話も交わせないまま翌日になり、通夜を前に葬儀会社が手配してくれた着付師に喪服を着せられた。慣れない和装の帯と長男の嫁というプレッシャーに締め付けられながら、義母に従って通夜が営まれる寺に向かった。親族席に座り、旺介の隣で焼香する客に教えられた通り頭を下げ続けた。

急な不幸にもかかわらず弔問客がひきもきらない。義父が勤めていた市役所や取引先、友人、ボランティアや趣味の仲間たちだ。義父は穏やかな人柄で周りから愛されていたのだろう。それだけでなく義母や旺介、弥生の友人知人も多い。一家が多くの人と繋《つな》がっていることを感じさせられた。

栄光化成からは旺介の上司である湯沢と部下の宇津井、泉の同僚・仁藤が会社を代表して参列してくれた。泉の両親も東京からやって来た。結婚式以来の母から気遣わしげな視線を向けられ、黙って頭を下げて応えた。

通夜が終わり、係員の案内で参列客がホールの地下にある広間にぞろぞろと向かう。通夜振舞いに参加する人数もかなりの数だ。従姉妹の子どもたちも集まりで高揚しているのか、無邪気にはしゃぎながら地下に向かう。

義母や旺介、弥生は通夜だけで帰る客への挨拶に追われている。泉も湯沢たちの元に向かった。

「連休なのに、遠くまで来てくださってありがとうございます」

「イッさん、痩せました？　なんか顔が違う」

「頑張ってるんだね。突然のことでほんと、大変だよね」

仁藤にいたわるように二の腕をさすられ、涙が出そうになったが堪えた。

「着物、慣れてなくて」

「長男の嫁だしね。俺たちのことはいいから戻って」

「いえ、ささやかですが席を用意してます。食べて行ってください」

教わった通りに通夜振る舞いへ案内しようとしたとき、背後から「泉」と大声で呼びかけられ、びくりと体が震えた。

父が母と立っている。

視線を避けて会釈をした。

「遠いところをありがとうございます。こちら、会社から来てくださった皆さん」

「本日はありがとうございます」

父が喪主であるかのように湯沢たちに挨拶し、三人も挨拶を返す。母が泉の袂《たもと》を直しながら顔を覗き込んだ。

「大変なことになったねえ」

「うん。急なことで旺介さんもお義母さんもばたばたで」

「お悔やみを言わないとな。泉、どこに行けばいい」

「お線香を上げてくれただけでいいよ。お義母さんはショックを受けてるし――」

「何言ってるんだ。おい、どこだ」

「お悔やみなら私から伝えておくから。だから今日はもう――」

「あっちか？　さ、行きましょう」

父が湯沢たちに声を掛け、さっさと寺の地下に向かう。三人は戸惑いの表情を浮かべながらも父に促されて歩き出す。とっさに母の手をつかんだ。

「お母さん、今日は」

「お父さん、待って」

母は泉の手から手を引き抜いて、さっさと父に付き従う。義母の手前、仕方なく義父の死を連絡したときからこうなることを恐れていた。

「旺介の妻です。本日はお忙しい中、義父のためにありがとうございました」

ビール瓶を手に長テーブルを囲む親族や弔問客の間を回り、結婚報告会のときの記憶を探って「初めまして」を付け加えたり取ったりしながら繰り返していると、険しい声が響いた。

「いい加減にしなさい。行儀が悪いな」

長テーブルの合間でふざけまわっていた子どもたちが、父に睨みつけられてびくりと動きを止める。

旺介の従姉妹があわてて席を立ち、子どもたちを連れに来る。

「こっちにいらっしゃい」

「あんた親なら子どもくらいちゃんと見ときなさいよ」

従姉妹が詫《わ》びなかったことで父の声が大きくなる。まなじりが吊り上がっているのは見なくても分かった。代わりに目に入ったのは、驚いたように父に視線を向けた義母だ。

隣の長テーブルに座った参列者の一人が、背中越しに父に声をかける。

「まあ、子どもなんですから大目に——」

「子どもだろうとなんだろうと失礼じゃないか。ここはお悔やみの席だろう」

声を荒らげて言い放った父に、何人かの客が小さく吹き出した。お前の方がよっぽど、と言いたげだ。

「何笑っとんじゃ！」

父が訛《なま》ると体がすくむ。頭に血が上っているときだけだからだ。

水を打ったように歓談の声が静まっていく。

「お父さん、ね、お父さん」

母が辞去しようというように背に掛けた手を父が乱暴に振り払う。止めなければと向かう足が慣れない着物をさばけずもつれそうになる。

部屋の奥から旺介が、父の元に歩み寄っていくのが見えた。あのときと同じだ。

◇

毎日でも会いたい、とぐいぐい押してくる旺介に戸惑い、折紙講師の資格を取ると言い訳して十日ほどデートを避けた。しかし折紙を折り続け、めでたく資格を取ってもクールダウンどころか、旺介からの合格祝いの誘いに一も二もなく飛びついた。

東京でデートをすることにしたのは、会社の人間と出くわさないためだ。しかしランチの店を探してうろうろしていたとき、もっと会いたくない人間に出くわしてしまった。両親だ。

手を繋いでいるところを見られ、仕方なく「付き合っている人」と旺介を紹介した。すると父は一緒に食事をしようと笑顔で持ちかけた。母も父に加担し、半ば強引にカジュアルなビアレストランに連れていかれた。

多少のショックもあるのだろう、いつもよりはしゃいだ父は旺介にビールを注ぎ、冗談を連発し、テーブルに載りきらないくらいの食べものを注文した。そして三十分も経たないうちにまなじりを吊り上げて店員に怒鳴り散らした。

——おい、曇ったグラス持ってくるなよ。

どういう教育受けてんだ、お前。

いつもこんな風に突然スイッチが入る。そして不機嫌や怒りで辺りを真っ黒にするのだ。初対面の娘の恋人がいようと何だろうとおかまいなしに。

しかしその日は、店員と店長に詫びさせグラスを替えさせ、店と最近の若者、接客業に携わる人間、現代社会の悪口を一通り言っただけで終わった。恐る恐る横を向くと、旺介が戸惑ったような顔で泉を見たところだった。

付き合っていたらいつかこんな日が来るだろうと怯えていた。

家庭は食卓だ。成長の糧を食べ終えるまで中座は許されない。旺介はおそらく平穏で明るい食卓を囲んで育ってきただろう。泉は違う。父が君臨する食卓で姉と身を縮め、次は何を突きつけられるか絶えず緊張を強いられてきた。

無視という苦味、八つ当たりという塩味、怒声という辛味。たまの気まぐれで愛着という、歯が痛くなるほどの甘味を押しつけられる。母はといえば暴力という激辛味にさえ「しつけ」「愛情」とそぐわない名をつけ、娘たちをさらに混乱させた。

それらを飲み込みながら成長してきた。

姉と同じように実家から逃げ出しても、暴飲暴食が肌を荒らすように心はざらざらに荒れている。心の味覚も辛い味苦い味ばかりにさらされて、きっと狂ってしまっている。友人や恋人と人生の味わい方が違う辛さを何度痛感させられただろう。

向かいではけろりと機嫌を直した父が、今度は同じ営業職の旺介に自分の武勇伝を得々と語っている。聞かされている旺介の口元がわずかに歪むのを泉は見て取った。

◇

あのときと同じように、旺介の口元が歪んでいる。

旺介の家族に父の横暴を知られたくなかった。両家の顔合わせは父が気押されて大人しくなるように、無理をして格式ある料理店で行った。結婚式は二人だけで挙げた。

それでも結局こうなるのだ。

なりふり構わず父を追いだそうと足を速めたとき、旺介が泉を遮るように父の前に進み出た。

「お義父さん」

いさめようとした客にさらに食ってかかろうとした父が口をつぐんだ。テーブルを挟んで正面に立った旺介を見上げる。

「申し訳ありません」

旺介は父に深々と頭を下げ、ついで父をじっと見つめた。

「遠くから来てくださったのにご挨拶もろくにできなくて。本来でしたらお迎えもこちらで手配するべきでした。おまけにご不快な思いまでさせてしまって、本当にすみません」

「いや、そこまで――」

「注がせていただいても？」

近くのビール瓶を手に取った旺介に、謝り倒されて勢いを削がれた父が素直にグラスを差し出す。

旺介は父のグラスにビールを注ぐと、空いていた向かいの席に座った。うながされて不満をぶちまけ始めた父の言葉に耳を傾け、真摯に相づちを打つ。

あのとき、ビアレストランでもそうだった。

――そうですよねえ、本当に。

――すごいですね、僕にはとても。

悪口と自慢話を並べ立てる父を、旺介は父が照れるまで大げさに褒め倒し、食事の時間を乗り切ってくれた。

通夜振る舞いが終わってからも、旺介は母を従えた父を一番に送り出し、駅まで送るために呼んだタクシーに案内して丁重に礼を告げる。

「亡き父もきっと喜んでいると思います。今日は遠いところを、本当にありがとうございました。さ、どうぞ」

「ああ……」

父は怪訝そうだが、旺介に促されてタクシーに乗り込む。母が小声で泉に尋ねる。

「泉ちゃん、明日はお母さんたち、いいの？」

「明日？」

「お母さんたち、最後までいられるけど……？」

「おい、早く乗れ」

父に急かされ、母がタクシーに乗り込む。

何かあったのだろうかと走り去るタクシーを見送っていると旺介が教えてくれた。

「明日もよろしくお願いします、って言うのは遠慮しておいた。言っちゃうと、告別式に参列してください、そのあとの精進落としの席も用意しておきます、っていうことになっちゃうから」

「明日もよろしくお願いします」

少し離れたところで、義母が客に頭を下げるのが見えた。

旺介は、泉の両親に精進落としの席は用意しないと遠回しに伝えてくれたのだ。通夜振る舞いよりかしこまった席である精進落としで、泉が気を揉まずに済むように。

「ごめんなさい」

「え？」

「さっき」

「え、何で謝るの？　夫婦なんだから気にしないでいいよ」

「でも、こんな大変なときに」

「人が集まればああいう人は必ずいるよ。会社だってそうでしょ？」

「でも、私の」

「お義父さんとイズは別。お義父さんがしたことで、イズが謝ることないんだって」

旺介が次に送り出す、義父の同僚たちの元に向かう。

――お父さんと泉ちゃんは別なんだから。

あのときもそう言ってくれた。

ビアレストランを出て両親と別れてから、恥ずかしさで顔を上げられない泉にさらりと言ってくれた。手を繋いでくれた。だから思えたのだ。

この人なら大丈夫。味覚が違う私を受け止めてくれる。

そしてきっと、一緒に幸せな食卓を作れる。


翌日は告別式が執り行われ、そのあと近しい者だけで繰り上げの初七日も行った。

そのあと子どもを持つ旺介の従姉妹たちは帰っていったが、連休ということもあって何人かの親族が残った。後片付けを手伝ったり義母を慰めたり、今後の相談をしたりするためだ。駅前のビジネスホテルが連休中で満室なので、旺介の実家で皆寝泊まりし、泉は引き続き家事に追われた。

最後まで滞在していた義母の妹二人を送り出すと、もう、連休も明日一日を残すだけとなっていた。

弥生は叔母たちを車で駅まで送り、ついでに買い物をしてくるという。旺介と義母は座敷で顔を突き合わせ、葬儀の後始末や連休明けに行う手続きなどを相談している。泉は客用の布団を干し、もうすっかり慣れた洗濯と掃除だ。

気づけば自分の下着も下洗いをしただけで、弥生に借りた服と一緒に洗っている。替えが近場で買った一組しかなく、毎日洗って乾かしていたのでよれよれだ。自分の体も同じく、伸びて毛玉がついているような気がする。

もうキッチンも勝手に使える。家事を終え、座卓の義母と旺介に紅茶を入れた。作業を切り上げた二人に言われて、帰ってきた弥生と自分の紅茶も入れ、四人で座卓を囲む。チルは見知らぬ人に囲まれ続けて精根尽き果てたのか、小さくいびきをかいている。

義父の定位置だった上座には、今は祭壇がしつらえられ、人の良さそうなモノクロの顔が泉たちに笑いかけている。

「嘘みたいねえ……」

義母は紅茶のカップを手に義父の遺影を見ている。

火葬場で義父に最後の別れを告げるとき、義母はむせび泣いていた。灰色の骨になった義父を見たときは小さく声を上げ、よろけて旺介に支えられた。

「静かすぎるよね」

旺介がテレビのリモコンを取り、衛星放送の旅番組をつけて音量を絞る。義母が「あら」と小さく笑った。最後に義父と食卓を囲んだときに見ていた番組と似ていたからだ。

「まあ、最後にみんなでご飯を食べられて、パパも少しは救われたかもね」

「でもさママ、なんでパパ、夜中にガレージになんか行ったんだろう？」

弥生に尋ねられた義母が、泉にちらりと視線を向ける。

邪魔なのだろうと、旺介が飲み終えたカップを取ってキッチンに立とうとしたとき、義母が先に立ち上がった。テレビに歩み寄った義母が、下のキャビネットを開けて書類封筒を出す。

「これ」

中から出したのは加熱式タバコだ。会社で吸っている人がいるので分かる。旺介も見知っているのだろう。

「電子タバコ？」

「パパの」

「え、父さん、タバコ吸わなかったじゃない」

「吸ってたの」

「いつから？」

「結婚する前から」

義母にさらりと言われ、旺介がぽかんと口を開ける。弥生が「うそ!?」と目を丸くした。泉は思わず旺介に聞いた。

「知らなかったの？」

「生まれてから一度も見たことがない」

「私も。結婚前からって三十年くらい？　なのに、一度も」

弥生の言葉に旺介もうなずき、義母が小さく笑った。

「ママがタバコを大大大嫌いだったから、パパ、結婚する前に止めたの。でも我慢できなかったのか、隠れて吸うようになって、また止めて、また吸って。ママの前でも家でも絶対吸わなかったけど、匂いで分かるの。また吸い始めたな、って。スーツのポケットに入れっぱなしにしてたこともあるしね」

「いや、でも、俺が見たことないって、俺、十八歳までこの家にいたけど!?」

「会社や外で吸ってたんじゃないの？　前はどこでも吸えたし。でも何年か前からそうもいかなくなったみたいで、電子タバコに変えて、家で。旺ちゃんの部屋で窓を開けて吸ってたみたい。だけどあの日は旺ちゃんと泉ちゃんが部屋を使うから」

　義母が電子タバコを書類封筒に戻す。

「一応、形見ってことになるのかな。車の下に転がってたのが、現場検証のときに見つかったの。パパ、きっとガレージのソファーで一服してる最中に発作を起こして、手から取り落としたんだろうって」

「三十年……」

　よほどショックだったのか、旺介が呆然と繰り返す。

「ママ、パパはバレてないって思ってたのかな？」

「電子タバコは匂いが少ないから分かんないと思ったんじゃないか？」

「どんなにしたって嫌いな人間には分かるわよ。独特の匂いがするでしょ。チルちゃんも分かるもんねえ、タバコの匂い」

　義母が電子タバコを振ると、チルが嫌そうに義母の膝から降りて泉の元に来る。

「最初にパパが隠れて吸ったときはママめちゃくちゃ怒ったけど、それからもう、気づいても何も言わなかったから。バレてないと思ったままかもね」

「お義母さん、ずっと我慢してたんですね」

「ん……」

　義母は小さく笑っただけでカップを口に運ぶ。

出すぎたことを言ってしまったかと焦った。それに気づいたのか旺介が畳みかける。

「母さん、タバコ、今も嫌いなんでしょ？」

カップが座卓に置かれた。だが、義母はやはり何も言わない。

調子に乗って口を挟んだことを後悔しながら、冷めた紅茶を急いで飲み干した。カップをトレイに置き、そっと座敷を出ようと腰を浮かせたとき、声が聞こえた。

「隠してくれたの」

義母が祭壇へと顔を向ける。

「三十年。三十年もよ。パパ、ずーっとママにね、隠してくれたの。パパは……パパは、そういう人だったの」

顔を背けたまま手で宙を探った義母の前に、弥生がティッシュを取って差し出す。

義母が顔を背けたまま、つかみ取ったティッシュに顔を埋める。ああ、と声にならない声が聞こえた。震える肩から祭壇へと視線を移すと、義父の優しい笑顔がこちらを見ていた。

「昼に送り出すと、残りの一日が長いから」

連休最終日となる明日の昼に帰るつもりが、義母にそう言われて夕食後に発つことになった。

二人だけじゃ食べきれないから、と差し入れやテイクアウト、菓子の残りをたっぷり持たされて帰途についた。弥生に駅まで送ってもらい、一時間に三本の電車を待ってホームのベンチに腰掛けるとどっと疲れが出た。

やっと二人きりになれたのに、何も言葉が出てこない。

屋根もなく弱々しい電灯の明かりだけのホームには二人しかいない。ロータリーとは名ばかりの駅前広場の車も絶え、駅だというのに怖いほど静かだ。

ベンチにもたれて広い夜空を見上げていると、もやもやを抱えて旺介とこの駅に降り立ったのが遥か昔に思える。

旺介が深い溜息をついた。

義父の死後、旺介は一度も泣いていない。思い出話でもした方が気が晴れるのではないか。ショルダーバッグに手を入れた。

「これ、お義母さんに頼んでお義父さんの形見にいただいたの」

「スプーン?」

らっきょうの皮を剥いたあと、義父が渡してくれたものだと旺介に説明した。

――嫌だったら嫌だって言っていいんだからね。家族なんだから。

義父の優しい声が頭の中で聞こえた。

義母にとってのタバコのように、義父にとっても嫌なものはあっただろう。それでも嫌だと相手に知らせた上で落としどころを決め、あとは目をつぶる。そうして二人はかけがえのない三十年を得たのだ。

そのことをずっと覚えていたい。

「父さん、釣りが好きだったな……。小さい頃、よく連れてってくれた」

手に取ったスプーンを泉に返した旺介が力なく笑った。

「父さんが最後に食べたものは、カツオの刺身かな？」

「だと思う」

カツオの刺身をつまみながら、ビールから焼酎の水割りに変えて飲んでいた義父を覚えている。

旺介がベンチの上でのけぞるようにして夜空を見上げた。

「俺の最後の晩餐《ばんさん》は、イズのドリアがいいな」

「もう、そんなこと言うと最後しか作らないよ」

寂しそうな旺介の声に、わざと茶化すような声で答えた。


「イッちゃんありがとね、お菓子」

連休明け、仁藤と栗尾と遅い昼休みを取りに休憩室に行くと、入れ違いに出ていく総務課の女性社員たちに声をかけられた。

旺介と手分けして、地元駅で買って帰った菓子を挨拶がてら会社で配ったのだ。仁藤が不思議そうに尋ねる。

「総務にも？」

「はい。お香典とか忌引きとかお世話になったし」

「旺介さん長男？　大変だった？　新婚で長男の嫁って」

栗尾がテーブルに弁当を広げながら屈託なく尋ねる。仁藤も、そして一つおいた隣のテーブルでカップラーメンを食べている宇津井も、通夜振る舞いのときに見た父の醜態は誰にも言っていないようだ。心の中で感謝した。

「おろおろしちゃいました。初めてのことばっかりで……。あと寝れなかったから、新幹線に乗った瞬間に意識なくなりました」

それでも頑張り抜いたおかげで、義母が義父の秘密を教えてくれた。家族として認めてくれたのかもしれない。

仁藤が聞こえよがしに声を張る。

「もっと早く行ってお手伝いできたのになー。ウッツンがちゃんとしてれば」

「俺、黒いネクタイを持ってなくて、仁藤さんが百均で買ってくれて。あと数珠《じゅず》と白いハンカチも。あざっす。大事にします」

「捨てろ。社会人なんだからちゃんとしたのを買いなさい。袱紗《ふくさ》も」

二人の掛け合いを聞くと日常に戻った実感がする。笑っていると、栗尾が向かいで目を丸くした。今日持ってきたのは煮卵とゼリー、惣菜パンと青椒肉絲《チンジャオロース》だ。

「イッちゃん、お弁当の中身すごくない？」

「消化試合です」

義母に持たされた食べものが大量にある上に、鈴木家のキッチンは壊滅状態だ。

一昨日、十日近く留守にした家に恐る恐る入ると、キッチンのシンクは見たこともないほど乾ききり、ベランダのハーブは枯れていた。旺介とぶつかったあとで料理や作りおきをしていなかったのが不幸中の幸いだった。疲れ切っていたこともあり、昨日から冷蔵庫の中の賞味期限が切れそうな食材と義母に持たされた料理を食べ続けている。

「お疲れさまです」

旺介がコンビニ袋を手に休憩室に登場し、泉たちに挨拶して宇津井のテーブルにつく。

「あれ、珍しい」

宇津井の声に、旺介へとさりげなく視線を向けた。旺介が袋から出したのはコーラとサンドイッチだけだ。宇津井に説明する声が泉にも聞こえる。

「胃が小さくなったかも。連休中、バタバタして食べられないこともあったし」

「長男だといろいろあるよね、後始末も」

栗尾が泉に言ったとおり、帰ってからも旺介は参列してくれた友だちに礼を伝えたり、四十九日の手配を義母と相談したりと忙しく過ごしている。でも、それだけではない。

話しかける宇津井に相づちを打っている旺介の横顔には、どこか元気がない。

今夜はひさびさに料理の腕を振るうつもりだ。メニューはもう決めてある。


旺介が帰宅したのは、いつもとそう変わらない二十二時過ぎだった。

湯沢は早く帰って休むようにと気遣ってくれたそうだが、仕事が気になって帰れなかったという。先にシャワーを浴びてもらい、その間に料理の仕上げをした。

「ドリア!?」

ダイニングキッチンに入ってきた旺介が、オーブンからただよう香りに顔をほころばせる。

「遅い時間なのにいいの？」

「座ってて」

フライパンに豚肉を広げて焼き始めた。火加減を確かめてから冷蔵庫に入れておいたガラス皿を出し、ラップをはがす。カリカリになるまで炒めたツナを振りかけたポテトサラダだ。彩りにチリペッパーをさっと掛ける。赤い色が被った、と反省しながら、野菜たっぷりのミネストローネをスープボウルに注ぎ、解凍しておいたベーコンビッツを散らす。

肉が焼けたのを見計らって、生姜《しょうが》焼きのタレをからめると、旺介が「やった」と子どものように喜んだ。用意しておいた千切りキャベツの皿に載せ、カウンターに置いてキッチンを出た。ランチョンマットとカトラリーをセットしておいたテーブルに皿を並べ、旺介の向かいに座った。

「野菜もちゃんと食べてね」

「うまそう」

旺介の顔が生気を取り戻したように見える。いただきます、と二人で揃って手を合わせ、箸を取った。

昼間サンドイッチしか食べられなかったことを忘れたかのように、旺介が性急に生姜焼きを口に運ぶ。幸せそうに嚙み締める。微笑んでいるような顔から目が離せない。タレがランチョンマットに落ちるのも構わず、肉をもう一枚口に運ぶ。

次はスプーンがドリアのチーズを割る。たっぷりすくったドリアが旺介の口の中に消えていく。うっとりと上がった両の口の端が、二、三度咀嚼すると少し下がった。

「なんか、味がいつもと違う？　ちょっとだけど」

「違わないよ？　いつもと同じように作ったけど。おいしくない？」

「そうじゃ、ないんだけど。なんか、いつもとちょっと違うような。そういえば生姜焼きも……うまく言えないけど、なんか」

「久しぶりだからじゃない？　ドリアも、生姜焼きも。私が作った料理を食べるの、二週間ぶりくらいだし」

「いや、付き合ってるときはもっと間が空くこともあったけど、こんなに違う感じがしたことは」

「亜鉛かな」

「亜鉛？」

「旺ちゃんも昼間言ってたでしょ？　連休中、バタバタして食べられないこともあった、って。亜鉛が不足すると味覚が鈍くなったりするんだって。忙しかったから疲れもたまってるだろうし」

「……そうかな」

納得したのかは分からないが、旺介が再びドリアを口に運ぶ。大丈夫、と心の中でつぶやいた。

——いつもと同じように作ったけど。

嘘ではない。ただ、ドリアに使うチーズを脂肪分カットのものにし、パン粉の半分をくだいた高野豆腐に変えただけだ。

生姜焼きに使った豚肉は熱湯で脂を抜き、タレに使う砂糖はカロリーゼロの甘味料に変えた。今、旺介が箸を伸ばしたポテトサラダはマヨネーズを豆乳で薄めて使っている。大きく味は変わっていないが、多少さっぱりした味になった。

ポテトサラダを咀嚼しながら、怪訝そうに目を泳がせる旺介に気づかないふりで食事を続ける。

旺介に早死にしてほしくない。健康に長生きしてほしい。そのために旺介にも歩み寄ってもらわなければならない。

——そうですよね、お義父さん。

グラスに入れてキッチンカウンターに飾ったスプーンに心の中で話しかけた。十日近いキッチンの空白は、義父がくれたチャンスかもしれない。

きっと旺介もすぐに慣れる。泉のドリアに慣れて義母のドリアが口に合わなくなったように。

大丈夫、大丈夫。泉は食べる旺介を見ながら、心の中で呪文のように繰り返した。

# 3

手にした箸の先が小さく音を立て、泉は我に返った。持った手の力が抜けていた。向かいに座る旺介から目が離せないからだ。

二十一時過ぎ、いつもより少し早く帰宅した旺介は夕食のハンバーグを食べているところだ。こんがり美味しそうな焦げ目を付け、とろりとデミグラスソースを掛けたハンバーグを箸で割っては白米と交互に口に運ぶ。

掛けている音楽が曲間に差し掛かると、梅雨の雨音と旺介が操る箸の音だけが聞こえる。旺介はひたすら食べ続ける。泉が夕食を共にしようと、旺介の帰宅を待っていたことにすら何も言わない。

箸を休めてハンバーグを咀嚼する旺介と目が合い、反射的に目を逸らした。

旺介は怒っているのだろうか。ハンバーグの見た目が前と変わらないことを何度目か確認する。

義父の急死のあと泉は夕食の献立を変えた。旺介好みのファミレスメニューを増やす代わりに、調味料を変えたり野菜や豆製品を混ぜたりして、こっそり料理をヘルシーにしている。今日のハンバーグも豆腐と細かく切ったレンコンやホウレン草を混ぜてある。

——何か味が違う？

旺介が首を傾げたのは最初の一度だけで、以後は何も言わず食べている。しかし、六月初旬から旺介の様子が変わり始めた。

少し早めに義父の四十九日法要を執り行ったころだ。長男として義父の急死から慌ただしく過ごしてきた旺介もようやく落ちつくかと期待していたのに、日を追うごとに口数が減り、六月半ばの今は自分から口を開くことがほとんどない。会社でも前より大人しくなったと言われているらしい。湯沢が言っていた。

——まあ、あんなことがあったし、ショックが残っても仕方ないよ。

泉の視線を感じたのか旺介がまた顔を上げる。あわてて話題を探した。

「勉強会、どう?」

「まあ、いい感じ」

旺介は六月から、社内で立ち上げられた紙製品の勉強会に参加するようになった。

環境問題でプラスチック製品への風当たりが強くなる一方の今、よりリサイクルしやすい紙製の容器がうなぎ登りに需要を増している。栄光化成でも台湾からの輸入製品を扱っているが、さらに自社生産を可能にして需要拡大に食いついていこうという目的の勉強会だ。容器の金型や成形、生産管理や資材の調達を担う生産担当者たちの有志が集まったという。

耐水性、密封性ではプラスチック製品が紙製品を遥かに上回る。コストもプラスチック製品の方が安い。そこをどうクリアしていくべきか、連日遅くまで勉強しているという。

それで疲れているのかと思い立ったとき、泉は言おうとしていたことを思い出した。

「缶コーヒー、休憩室に忘れたでしょ?」

「缶コーヒー?」

問い返した旺介に、泉はカウンターの端に置いておいたブラックコーヒーの缶を見せた。

「覚えてないの？　今日、帰りがけに休憩室に寄ったら総務の人に渡されたの。旦那さんが今忘れてったとこだよ、って。届けに行こうかと思ったけど、家で渡せばいいやって持って帰ってきちゃった」

「へえ……」

旺介が他人事のように言い、皿に視線を戻す。

「珍しいね、ブラックコーヒーを買うなんて。それにすごいマイナーなメーカーの製品だよね。社内にこんなの売ってたっけ？」

「――もらった」

「クライアントさん？」

「――かな」

「かな、って覚えてないの？」

白米を口に運ぼうとした旺介の手が止まった。

箸を持つ手に力が入ったのが分かる。ようやく食いついてくれたと嬉しくなったとき、「あのさ」と旺介が固い声で切り出した。

「食べづらいんだけど。じっと見られてると」

「ごめん」

反射的に謝ると箸がまた動き出す。

「おいしくないのかな、って心配で」

この一ヵ月半近くの鬱屈が口をついて出た。旺介が真顔で泉を見る。

「おいしいよ、ちゃんと食べて――」

「前はいろいろ言ってくれてたよね」

「ああ……」

「私の作ったご飯がおいしいときも、気に入らないときもちゃんと。ドリアとかハンバーグとか、好きなもののときは喜んでくれたし。おいしいって言ってくれたし。だから、何も言ってくれなくなっちゃったから、心配になったの。私が作ったもの、おいしくないのかな、それか旺ちゃん、体調が悪いのかな、って」

「――ごめん。ちょっと疲れてて。大丈夫、ちゃんとおいしいから」

口元だけの作り笑いを泉に向け、旺介はハンバーグの最後の一切れを口に入れる。

泉は握り合わせた両手が氷のように冷たくなっていることに気づいた。

義父の早すぎる死で旺介がショックを受けていることはよく分かっている。夜中にうなされて飛び起きたのも一度や二度ではない。

クリームと砂糖たっぷりのコーヒーや、間食に喜んで食べていた菓子が「機能性」「健康」と銘打ったものに変わったのも、総合ビタミン剤を飲むようになったのも、きっと不安からだ。それが分かっているから我慢してきたのだ。

旺介が「ごちそうさま」と立ち上がった。

「後片付け、俺がやるから置いといて」

旺介が自分の食器をキッチンに下げ、冷蔵庫から缶チューハイを出して出ていく。廊下へのドアに続いて、寝室のドアが閉まる音が続く。

ここのところずっと同じだ。旺介は泉がリビングダイニングにいるときは寝室で、寝室にいるときはリビングで、コンビニで買い込んできた一缶のチューハイをちびちびと飲んでいる。

休日は勉強する、本を読むと言って一人出かけていく。会話はインタビューだ。泉がインタビュアー、旺介はスーパースター。ご機嫌を窺いながら、少しでも情報を得よう、盛り上げようと泉一人が奮闘している。

「どうしたらいいんでしょう?」

カウンターの端にかざった義父のスプーンに話しかけた。最近は旺介よりもスプーンに話しかける方が多い。義父の人が良さそうな顔を思い出すからだ。

――泉さん、嫌だって言っていいんだからね。家族なんだから。

今の旺介の態度も、家族だからこそみせる態度なのだろうか。

スプーンの横に立てたノートを開いた。会社から持ち帰ったパンフレットが挟んである。新年度を迎えてすぐに配布されたメンタルヘルスについてのものだ。うつ病の兆候を示すチェックリストが載っている。

「無気力、無頓着、無口。飲まなかった酒を飲み始めた。笑わなくなった。上の空。物忘れが激しくなった――」

すべて、今の旺介に当てはまる。

パソコンで「うつの兆候」を検索すると「性欲がなくなる」という項目もあった。旺介は以前から淡泊だが、義父の死後は一度もない。

旺介はうつなのかもしれない。

たまらなくなって立ち上がり、旺介がシンクに置いた食器を見た。ハンバーグもポテトサラダも味噌汁も白飯も、きれいに完食されている。チェックリストの項目の中でこれだけは当てはまらない。

――味覚が鈍り食事が進まない。

反応こそ乏しいが、旺介は以前と変わらず泉が出す食事はすべて食べてくれる。

冷え切った両手を温めたくて首を包んだ。旺介の手や体の温かさがひたすら恋しい。


降り続く雨が午後に強さを増し、会議室の窓ガラスに雨粒が打ち付ける。隣に座った栗尾が「なんかそぐわない」と企画書の表紙にプリントされた紅葉《もみじ》のイラストを泉に示した。

「一年が経つのは早いよなあ。もうシルバーウィーク企画だもん」

湯沢が持ち込んだサンプル容器を並べながら苦笑する。

秋の行楽シーズンに向けてコンビニエンスストアが期間限定の弁当を売り出す。その容器デザインを、栗尾と泉が手がけることになった。

「今回は麻生《あそう》サチのプロデュース弁当ってことで。知ってるよね？　麻生サチ」

「テレビでしょっちゅう見てます。イッちゃんと同じくらいの年だよね？」

「だと、思います」

麻生サチはモデルから転身したタレントだ。ファッションセンスは抜群なのに、のんびりした天然キャラでかなりの売れっ子だ。ＳＮＳでも百数十万人のフォロワーを擁している。

「彼女のファン層と同じく、弁当のターゲット層も二十代・三十代の女性ってことで。で、彼女が出してきたイメージ画がこれ」

湯沢が「社外秘ね」と念を押してから、イラストのプリントアウトを広げた。

タブレットで描いたらしいカラフルなデジタルイラストだ。青で縁取ったハート型に白、赤、黄、茶、緑、ピンクの固まりが大小に塗られている。栗尾が噴き出した。

「幼稚園児が描いたみたい」

「この絵じゃ何がなんだか分かんないだろうから、実写版を作ってみた」

湯沢がもう一枚のプリントアウトを出した。

こちらは写真だ。イラストに沿って、ホイルでくるんだ厚紙でハート型を作り、プチトマト、半分に切ってハート型に組み合わせた卵焼き、ハンバーグ、アスパラガス、タラコなどで具現化してある。デミグラスソースで包まれたハンバーグを見ると、昨夜のことを思い出して気が重くなった。

結局、昨夜も旺介は一人の世界に閉じこもり、泉が寝ているベッドに入ったのは深夜二時過ぎだった。もしもうつだったら、と心配で泉もおちおち寝付くことができない。

何を作れば旺介は元気になってくれるのだろう。

見入っていた写真が横滑りして我に返った。栗尾がまじまじと弁当写真に見入る。

「この子、自分でお弁当を作ったことがなさそう。ねえ、イッちゃん？」

「——ですね」

弁当を作ったことがある人間なら分かる。プチトマトのマリネやリンゴのコンポートは汁が漏れる危険がある。マリネを入れたらレンジで温められない。コンポートの隣に白米を置いたら味が混ざってしまうかもしれない。見た目の映えしか考えなかったのだろう。

「それ、うちの奥さんも言ってた」

湯沢も笑う。写真の弁当は湯沢が妻に頼んで作ってもらったそうだ。

「でもタレントさんだから、弁当は相当食べてきたらしいよ。仕事の現場で出されるから。メニューに関しても、ラッキーマート側で今調整してる。器は、このイメージを最大限具現化ってことで。シートに関しては色柄の資料があっちからいくつか出てる」

雑誌から転載した器の写真がいくつか、企画書に添付してある。容器の容量や今後のスケジュールなどを湯沢が説明していく。寝不足のせいか頭が重いが頑張ってメモを取った。

「タレントのプロデュースってことで、やり取りするのに通常より時間が掛かりそうだから、早め早めでお願いします」

「事務所とかマネージャーとか、間にいっぱい人が入りますもんね」

栗尾が泉からイラストを受け取ろうとして「うわ」と手を止めた。

「イッちゃん、手。大丈夫!?」

「え？」

「手がめっちゃ冷たい。具合悪い？」

栗尾に両手で手を包まれると、自分の手の冷たさが分かる。「ほら」と栗尾に示され、人差し指で泉の指先に触れた湯沢も目を丸くする。

「イッさん、風邪とか？」

「いえ、これ、子どものころからなんです。手が冷たいのは。冷え性？　体質みたいで。全然、慣れてますから」

湯沢が「そうなんだ」とうなずき、栗尾もほっとしたように笑った。

「ねえねえ、イッちゃんひょっとして、この企画がヤだとか？」

「え？」

「手が冷たくなるのってストレスなんだよ。緊張したり、イラッとしたり、あと怒ってるのを我慢したりしてると血のめぐりが悪くなって、体の末端が冷えるの」

「え、ヤだ？　イッさん、この企画ヤだ？」

湯沢も栗尾の尻馬《しりうま》に乗る。「違いますって」と笑うと、少し手が温まった気がした。

栗尾が泉にぐっと身を寄せてささやく。

「まあ、イッちゃんは得意だもんねー？　お弁当」

「そうだよ。イッさん、料理上手だしね。旺介も幸せだよな。あいつ一年前よりちょっと肉がついたような気がする」

湯沢もうなずく。そういえばプロポーズされてちょうど一年になろうとしていることを思い出した。

栗尾もいるのでいつものように素っ気なく切り上げる。

「いえ、もう一年前より全然適当ですよ。それよりこのデザイン、見た目はともかく使い勝手は……。持ちにくそう。テーブルのあるところでしか食べられなさそうだし、嵌合《かんごう》だって良くないですよ」

嵌合というのはフタの閉まり具合だ。丸い容器は閉めやすく、四角い容器は閉めづらい。簡単にしっかり閉まるものを造るのは各メーカーの腕の見せ所だ。

「まあ、その辺をね、イッさんのセンスでうまーく、うまーく、やってほしいわけ。使いやすくてローコストで、あとは映え。映え。映え。麻生サチが『やだー可愛いー』って大喜びするように」

「いやー、案外本人は何を描いたかも覚えてないかもしれませんよ？」

栗尾が笑ったとき、宇津井が入口から顔を覗かせた。湯沢にサンプルの追加を渡したあと、興味深げに企画書を見る。

「いよいよっすね、麻生サチがプロデュースする企画」

「何、ウッツン麻生サチのファン？」

「ちょっと。何かほわーんとして可愛いじゃないっすか。絵が下手くそでセンスが微妙なところも」

「いや、これはそこそこ売れる。十八年やってると分かる」

「容器的にはこの辺が近いかなあ」

栗尾が視線を向けた容器を取って渡そうと中腰になった瞬間、泉はめまいに襲われてふらついた。

あわててテーブルの縁に突こうとした手が滑り、バランスを崩して床にへたり込んだ。重い何かがのしかかったように、動こうとしても体が動かない。

「イッちゃん!?」

栗尾が椅子を払いのけるようにして泉を介抱する。湯沢と宇津井もテーブルを回って駆け寄るのが足音で分かった。

少し休めば大丈夫と言ったが、湯沢やデザインチームの上司に大事を取るよう言われて早退した。念のために会社最寄りのクリニックで診察を受け、混み合う待合室のベンチで小さくなって座っていると、旺介が血相を変えて現れた。

「イズ、大丈夫？」

「大丈夫。今、お薬を待ってるとこ」

旺介が泉の両手をつかんだ。待合室の視線が気になり「やめて」と手を引っ込めようとしたが、旺介は驚いたように手を握ったままだ。

「ほんと冷たい」

ほんと、というのは栗尾に会議室でのやり取りを聞かされたからだろう。

旺介の体温を感じたのも、真正面から見つめられたのも久々だ。眼差しに心配ばかりではなく、恐怖が混じっているのが見て取れる。義父の急死がどれだけの影響を旺介に与えたか改めて思い知らされた。人目構わず泉の手を握ったままだ。

大丈夫、となだめるように言って、手をそっと引き抜く。

「診察してもらったら、貧血だって。梅雨《つゆ》だるに寝不足が重なったんだろうけど、疲れやストレスにはとくに気をつけるように言われた」

思ったとおり、旺介の表情は強張ったままだ。再び泉の手を取って小声で告げる。

「もっと大きい病院でしっかり検査してもらおう。何かあったら大変だから」

「少し様子を見てからでいいよ。それより、家でゆっくり休みたい」

「分かった。タクシーを呼ぶ」

旺介が携帯電話を手に出ていく。高いからいい、と止めたいのをぐっと我慢した。

冷え切っていた両手が、少し温かくなっている。ごめんなさい、と心の中で旺介に呼びかけた。

——梅雨だると寝不足でしょう。

鉄の錠剤とビタミン剤を出します。

医師に言われたのはそれだけだ。

傷ついている旺介をさらに心配させようと、話を盛った自分をひどい人間だと思う。この一ヵ月近く心配させられ通しだったからだと心で言い訳をした。


日曜日の午後三時過ぎ、いつもなら賑わっている駅前の人通りも、朝からの雨で閑散としている。隣でボストンバッグを提げて歩く旺介が笑う。

「雨ばっかりで、いいかげん昼だか夜だか分からなくなるよな」

「山梨は晴れてるといいね」

旺介は明日から十日間の出張で現地に前乗りするところだ。

手がけているコンビニのスイーツが思いがけず大ヒットしたからだ。容器の生産と出荷を管理するために、工場のある山梨に行くことになった。

マンションから歩いてきたから、旺介のスーツのボトムの裾に雨が跳ねかかっている。思い出したくない声が頭の中に蘇った。

——駅から遠くなっても我慢したんだよ。

記憶を振り払おうと旺介に声をかけた。

「お弁当、絶対に早めに食べてね」

「量、すごくない？　重いよ」

「保冷剤。梅雨でしょ」

出立《しゅったつ》のときに弁当を作ってほしいと言われ、迷ったが作ることにした。容器は自社から持ち帰ったものを使い、念のため再度消毒もした。

改札前でいいよ、と言われたがホームまで付いていく。十日間も離れて暮らすのは、結婚してから初めてだ。

「ご飯に困ったら連絡して。クール宅急便でなんか送るから」

「受け取るのが難しいかも。大丈夫、工場の食堂もあるし、コンビニも。それより、イズ、体調気をつけてよ。家で具合が悪くなっても俺いないし」

「大丈夫」

泉が倒れてから、旺介は泉のことをずっと気遣っている。テンションが低いのは相変わらずだが、掃除や皿洗いなどを積極的に引き受けてくれる。

旺介が確かめるように泉の手を握り、そして口元をほころばせた。

「よかった、温かい」

「うん」

泉も旺介の手を握り返した。

十日間の出張と聞いたときには心配が先に立った。旺介も同じだったようで言ってくれた。

――出張、他の人に頼んで行ってもらうこともできるよ。

しかし、泉は行くように勧めた。少しだけ距離を置いた方が二人のために良いと思ってのことだ。

「弁当の中身、何？」

「開けてのお楽しみ」

「そうする」

ホームに滑り込んだ新都心行きの電車に「行ってきます」と旺介が乗り込む。小さく手を上げ、ガラスの向こうの旺介を見送った。

改札に向けて階段を下りながら一人笑った。きっと旺介は弁当を開けたら喜ぶだろう。しっかり下味をつけ、衣はかりっと、中はジューシーに仕上げた鶏の唐揚げ。甘めのチーズ入り卵焼き。ご飯の上にはほぐした塩鮭。野菜を疎む旺介のためにいろいろ考えた末、彩りに冷凍枝豆を散らした。

思い出してくれるだろうか。初めて旺介のために作った弁当と同じメニューだと。

付き合いだして二ヵ月が過ぎたバレンタインデーに、旺介が自室に持ち帰ったチョコレートも、明らかに本命チョコレートと思われるものがいくつかあった。

旺介は営業という仕事柄、人と接することも多い。一部上場企業の社員で真面目、人当たりもいい。社内でも、取引先でも、旺介を狙っている女性社員がいないわけはないのだ。社内恋愛を隠している一方で、旺介を他の女性社員に盗《と》られないか不安でじっとしていられなかった。

——これ、使い心地を試してみたら？

出張する旺介が企画中の弁当容器に、弁当を入れて渡したのは二月の終わりのことだ。あのときと同じように喜んでくれるだろうか。私の味が一番だと。泉は今別れたばかりの旺介がもう恋しくなった。


左後頭部の辺りを凝視されているのを感じて座り直した。「うーん」と懸念《けねん》のうなり声が聞こえる。思わず振り返ると、カメラマンがこちらに向けたカメラを下ろしたところだ。

「すいません、こっちの席に移動してもらえますか」

コンビニエンスストア本社のミーティングルームに置かれた会議テーブルの長辺中央の席から、二つ横にずれた。一緒に訪れている湯沢が荷物をどかせて空けてくれた。見守るクライアントにカメラマンが確認する。

「サチさんと向かい合っているところを撮ったとき、鈴木さんの横顔も入れた方がいいですよね？」

「うん、女性同士の打ち合わせって感じにしたいから」

「責任重大だ」

小さく言って笑った湯沢を、呑気なものだと睨んだ。

旺介が出発してから三日後、東京にあるコンビニ本社に打ち合わせに来た。よくあることだが、今回は写真を撮らせてほしいと湯沢を通じてクライアントから告げられた。

——麻生サチが女性に向けてプロデュースする商品だから。

製作過程もＰＲに使いたいってクライアントが言ってきてね。

同い年のイッさんとデザインの検討をする光景は〝映え〟じゃないか、って。

生きた大道具として用いられるのだ、と分かっていても、企業カメラマンの本格的な装備や立ち振る舞いを見ると高揚する。一応、顔が写ってもいいように、昨夜、今朝と高めのシートマスクでしっかりパックをした。

「そこのビル、いよいよ解体ですね」

「ええ、跡地に四十五階建てのビルができるらしくて。当分工事音がすごそうで」

湯沢とクライアントが自分たちは対象外だと、リラックスして喋っている。落ち着かない気分を紛らわせようと、そっと携帯電話をチェックした。

——これから麻生サチと打ち合わせ

旺介にメッセージを打った。

出張に出てからというもの、旺介は忙しく過ごしているらしく、泉が送ったメッセージに夜、短く返信するだけだ。

麻生サチが好みかどうかは聞いたことがないが有名人だ。このくらいインパクトがあれば食いついてくるだろう。念を込めて送信したとき、そばで受信を告げる電子音が鳴った。

クライアントが携帯電話を手に立ち上がる。

「到着したそうです」

地下駐車場に出迎えに揃った広報担当者の一人からメッセージが来たそうだ。

まもなくドアがノックされ、社員がドアを開けて押さえる。マネージャーと麻生サチを、立ち上がって出迎えた。

「よろしくお願いします」

麻生サチは待っていた三人を見渡して小さく頭を下げただけだ。名乗る必要がないからだろう。クライアントの紹介で湯沢に続いて挨拶をし、名刺はマネージャーに渡した。

一同が座ったところで、泉は用意したサンプルを出した。通常なら並べて待つところだが、サチが初めて見る瞬間をカメラに収めたいとリクエストがあったからだ。

むら染めのように青の濃淡で彩ったシートを貼ったプラスチック容器が三つ。少しずつ形状の違うハート型で、ライスを入れる大きめのくぼみと、惣菜を入れる小さめのくぼみが三つ。縁の幅が広く、透明プラスチックのフタを内側に嵌《は》め込むタイプだ。

カメラマンがその光景を撮り始める。マネージャーも「サチのSNS用に」と許可を取って携帯電話で撮影を始めた。

シャッター音が聞こえる度に体が強ばる。泉の緊張をほぐそうとしてか、湯沢がサチに話しかける。

「鈴木は、麻生さんと同い年なんです」

「あ、そうなんだ。大人っぽく見えるから少し上かと思った。結婚してるからかな」

泉の結婚指輪を見たサチは、テレビで見てきた印象と違う。甘ったるくのんびりとした喋り方が、今は早口で素っ気ない。

表情も同じだ。テレビ番組では常に突っ込まれ役の、栗尾いわく「ちょっと足りなさそう」な笑顔が別人のように険しくなっていく。睨んでいるのは手にしたサンプルだ。

「なんかどれも私が出したイメージ画と形が違う。なんで横長なの？　ハートの窪《くぼ》みもこんな深くなかったでしょう」

「横長にしたのは、売り場に置くときに、ね」

湯沢が泉に喋らせようと、カメラを視線で示した。緊張で渇いた口を何とか開く。

「たて……縦長より横長の方が、売り場でお客様にアピールする面積が広くなります。それと、膝上に置いたりして食べるときに安定をよくしようと」

「正方形に近い形にして。SNSにアップする写真は正方形でしょう。今回のお弁当を買ってくれた子たちはみんな写真をアップするだろうし、正方形の画面いっぱいに容器が映った写真が並んでる方がいいじゃない。映える」

ほお、と見守るクライアントの中から声が上がった。

次にサチは長い爪に気をつけながらフタを開ける。そしてフタの側面に目をつけた。

「このギザギザがなんか微妙」

「予算もあるので……。ギザギザにした部分は素材を薄くできるので、その分、容器に貼る色柄のフィルムに回せます」

「その割には色がしょぼいし、第一、イメージ画につけた色と違う」

顔が引きつり、胸が苦しくなってきた。懸命に息を吸って何とか説明を続ける。

「イメージ画にあった、微妙な濃淡をつけた柄や、ほんの少しだけ緑がかったコバルトブルーは、フィルム印刷では再現しづらいんです。資料にあったペロションの器のような色やトーンをご希望なのだと思いますけど、あれは陶器だから出せる微妙な色合いなんです」

言い終えるころには少し落ちついた。しかし、サチはあからさまに顔をしかめる。

「だからって、こんなにべったりした青、っていうか紺色にしなくてもいいじゃない」

「濃い色だと、どんな食材でも映えるかと」

「だからってこんなつまんない色にしなくてもいいと思うけど」

サチがにこにこしながら言い放つ。打ち合わせ風景の撮影が続いているからだ。あまりの言われように頭が真っ白になったとき、湯沢がまた助け船を出してくれた。

「このサンプルイメージは化粧品なんです。鈴木さん、そうだよね？」

「はい。コスメのパレットを意識しました。せっかくハート型の可愛い容器を提案していただきましたし、ターゲットが女性ということで」

「コスメパレットね……」

サチが透明なフタをつまんで検証する。

フタをきっちり嵌めるための広めの縁から思いついた、泉のアイデアだ。「ここ」と泉はサチにフタを見せた。透明なプラスチックにダイヤ型の型押しをして、ブリリアントカットの宝石を思わせる飾り縁にしてある。

「器の色を濃くして、入っているメニューがそれぞれ、アイシャドウやチーク、リップのように彩りになるように考えたんです。メイクが顔をきれいにするように、このお弁当が体をきれいにする、というアピールにもなるかと」

「それ、プロモのキャッチになりそう」

「女子受けしそうだよね、可愛いし」

「サンプルだけど、ちょっと弁当買ってきてもらって中身入れてみますか」

クライアントが話しているのを聞いて嬉しくなった。

サチは、と見るとバッグからメイクポーチを出したところだ。使っているコスメでも出すのか、と見守っていると、出したのは眉用らしき小さなハサミだった。

サンプルからフタを指先ではねのけたサチが、止める間もなく器の縁をざくざくと切っていく。湯沢やクライアントが小さく声を上げるのが聞こえた。

啞然《あぜん》とみている泉の前、容器の縁をすっかり切り落としたサチが得意げにそれを掲げる。

「イメージ画だとこうでしょう？　この方がすっきりしてるし、そうだなあ、言ったらワンプレートランチ？　容器がそんな目立たなくていいから」

一同を見渡したサチが微笑み、ついで泉に視線を向けた。

「直接話せてよかった。いいものになるように頑張ろうね」

「――分かりました」

泉はどうにか精一杯の微笑みを返した。


旺介が出張中で良かった。家で気兼ねせずに落ち込めたし、追いかけて家を離れれば気分転換になるだろう。その週末、泉は山梨に出向いた。

最寄り駅までレンタカーで迎えに来てもらい、まずは旺介の宿に向かった。梅雨の合間の快晴で、これまで続いた雨で濡れた木々や山並みが輝いて見える。

「景色がいいから、工場に通うのもドライブみたいで楽しいよ」

五日ぶりに会う旺介の口調が弾んでいて嬉しくなった。景色が傷ついた心を癒やしてくれたのかもしれない。寂しい思いをしてでも出張に送り出してよかった。

「イズ、着いたよ」

車から降り立つと、美しい山並みが一望できる。陽射しが肌に当たる感触が自宅の辺りより強い。標高が高いせいだ。代わりにからりと心地よい風が吹き抜ける。

「部屋からの景色も良さそうだね」

平野の真ん中にぽつんと建った四階建てのウィークリーマンションが旺介の宿だ。駐車場にレンタカーを停めた旺介が、泉に辺りを示した。

「運転、未だに緊張する。この辺、猿とか出るし」

「猿!?」

「道路に飛び出してきたりとか」

「うそ!?」

恋人時代のように笑い合いながら旺介が泊まっている四階の部屋に向かった。

玄関に入ると三畳ほどのスペースがあり、右側にユニットバスのドア。左側に洗濯機と乾燥機。冷蔵庫、シンクとＩＨコンロがある。奥が十畳のワンルームだ。セミダブルサイズのベッドと机、小さなコーヒーテーブルと椅子が一脚。開け放されたクローゼットに、洗って乾かしただけで力尽きたのか、洗濯物が畳まずに積まれている。

「旺ちゃんが結婚前に住んでたところに似てるね。普通のマンションみたい」

「普通のマンションだったんだって。でも人が入らなくて短期貸しにしたって。この辺、工場がいくつかあるから、俺みたいな出張で来た人が重宝してる」

椅子を泉に勧めてベッドに腰掛けた旺介が教えてくれる。バスルームで手を洗わせてもらい、ついでにキッチンをじっくりと見た。

冷蔵庫には水とアイスコーヒーのペットボトル、エナジードリンクの缶とアイスクリームくらいしか入っていない。コップの代わりか、自社製品のプラスチックカップのパッケージまで入っている。

「旺ちゃん、ちゃんと食べてる？」

「食べてるよ。工場と、あと帰りに外食とか。ここではアイスくらいしか食べないなあ」

「じゃあ今夜は私が――」

料理を作る、とシンクの扉を開けて驚いた。何も入っていない。

「調理器具、ないの？」

「ない。まあ、料理しないからいいけど」

傷むのが心配で料理は持ってこなかった。夜は簡単でもいいから何か作るつもりだったのに。

肩を落とした泉に旺介が呼びかける。

「イズ、腹減らない？　とりあえず出て昼食べようよ」

「メッセージ送ったよね？　行きたいお店があるの」

「いいよ、何食べるの？」

「六月三十日は夏越《なご》しの日でしょ。夏越しご飯を食べて猛暑を乗り切るの」

恵方巻きに続けとばかりに近年提唱された行事食だ。旺介が「ああ」とうなずいた。

「あの、かき揚げが載った丼でしょ？　ご飯が雑穀の」

「旺ちゃんも知ってたんだ？　夏越しご飯を食べて、それから神社で注連縄《しめなわ》くぐりを――」

「あ、俺、そのご飯昨日食べた」

「え？」

「工場にそういうイベント詳しい人がいて、トレンドに乗ろうってことで」

「どうして？」

声が少し大きくなり、いけない、と自制した。

「夏越しご飯は家族で食べるものじゃない。家族で夏を乗り切ろうって」

「イズがせっかく来てくれたんだから、丼ご飯じゃなくてもいいじゃない。この辺、イズが好きそうなグルメっぽい店結構あるし」

――グルメっぽい店。

付き合っていたとき、旺介がよく口にしたフレーズだ。焼肉店、ハンバーグレストラン、パスタのチェーン店と、看板メニューがはっきりしたカジュアルな店に行きたがる旺介は、泉が好む静かで上品な店をそう総称したのだ。

「旺ちゃんは？　どこか行きたいお店ある？」

「俺？　うーん、焼肉」

旺介が即答した。緑豊かな高原で焼肉ランチというのもムードに欠けると思ったが、旺介は畳みかける。

「工場への行き帰りに前を通るんだけど、なんか店構えがおいしそうな雰囲気を醸し出してるっていうか。でもなかなか食べるチャンスがなくて、まだ一度も食べたことがないから」

泉の表情を見た旺介が「……なんてね」と自らオチをつける。

「イズが決めていいよ」

旺介がキッチンに行き、冷蔵庫からアイスコーヒーのペットボトルを出して、二つのプラスチックカップに注ぎ始めた。

「いいよ、焼肉で」

「本当に？」

やっと笑顔を取り戻してくれたのだ。一食くらい譲歩しよう。

「その代わり、夜は行きたいところがあるんだけど、いい？」


春は桜が咲き誇り、美しい並木道になるという通りは日が暮れると真っ暗だ。ヘッドライトだけを頼りに車が走る。助手席の窓ガラスに顔がくっつく勢いで、木々の合間に目を凝らす。

「あ、あった」

泉が声を上げると、運転席の旺介があわててブレーキを踏み、来た道をバックする。片側一車線の道でそんなことができるのは、通る車がまったくいないからだ。

森の入口に立てられた小さな看板を旺介に示し、鬱蒼《うっそう》と茂る森の奥へと続く小道に入ってもらう。暗い上に舗装されていない細い道を、旺介が慎重に車を進めながら左右を見渡す。夜を迎えようとしている森は暗く静かだ。

「イズ、本当にこの道でいいの？」

「だと、思う」

砂利で車が小さく揺れ続ける。道を間違えないように今度は前方に目を凝らす。

やがてぽつんと小さな灯りが見えた。さらに進むと立て看板も現れ、一気に目の前が開けた。

「ここ！」

やっと着いたという喜びで声が弾んだ。

森を切り開いた土地が、木々に囲まれた要塞のように広がっている。まずは一番手前にある駐車スペースに車を停めてもらった。他にも何台かの自家用車が止まっている。

車から降り立つとランタンが灯された平屋のログハウスがある。旺介は物珍しそうに辺りを見回している。

「何、ここ？」

「カフェ」

建物に入ると中も薄暗い。調理スペースであるカフェカウンターの内側以外は、あちこちに灯されたキャンドルだけが光源だ。カウンターも含めて三組の客が、のんびり食事やお茶を楽しんでいる。

広々としたホールにはテーブルが置かれ、ライブや演劇、ワークショップなどのフライヤーが置かれている。ハーブティーや無造作にビニール袋に入れられた野菜なども売られている。地元のコミュニケーションスペースでもあるのだろう。

庭に面したサンルームの席を選んだ。剝き出しの梁《はり》と高い天井は山小屋のようだ。石畳の隙間から顔を出した緑が縁取っている。売り物も兼ねたアンティークのガーデングッズに囲まれて座った。

「ここ、どうやって見付けたの?」

「ネットで、この辺のレストランやカフェを見てて」

温室のような空間で、ガラスの外の庭でふわりと白い光が揺れる。庭に植えられた花が、風で揺れているのだ。

ガーデンライトに照らされた、錆《さ》びた巨大な鳥かご、鉄のブランコ。レンガを積んだハーブの花壇、雨ざらしのオブジェ、植木鉢や睡蓮《すいれん》鉢。無造作に見えて丹念に整えられた庭にちりばめられている。

メニューの見当はつけてある。旺介に確認してから店員に頼んだ。

「甲州ビーフのシチューと——」

「すみません、ビーフシチュー、今日は終わっちゃいました」

「え?」

あわててメニューに目を走らせた。

肉のメニューはロティサリーチキンくらいしかない。辛い事件を思い出してしまいそうだ。お茶だけで場所を変えようか、と視線を上げると、旺介がメニューを覗き込んだ。

「じゃあ俺、ロティサリーチキンで。あとピザだよね？」

オーダーを受けた店員が去っていく。

「いいの？」

「いいよ、せっかく来たんだし」

くしゃっと笑った旺介が、庭に向く。

「イズ、もっと明るいうちに来た方がよかったんじゃないの？　昼間とか」

「また次に来ればいいよ」

出張もまたあるだろう。家族なんだから、来たければ何度でも一緒に来られる。

カフェの向こうにあるホールから、弦楽器の音が聞こえた。カフェもホールも、いつの間にか人が増えている。旺介が立ち上がり、ホールに目を凝らした。

「ライブをやるみたい」

食前酒の代わりに頼んだジュースを飲んでいると、やがて演奏が始まった。女性ボーカルの滑らかな歌声が、しっとりとカフェを満たしていく。

「この曲、聞いたことがある」

A house is not a home. ミュージカルものの海外ドラマで流れた曲だ。泉の頭の中に字幕が浮かんだ。

――家は家、だけど家庭じゃない。

――一人では生きていけない。私と一緒にいて。

ドラマの字幕を思い出し、歌声と合わせて切なくなったとき、ふわりと左手が温かさに包まれた。

旺介が泉の手を握っている。ささやきが続く。

「よかった。温かい」

泉も旺介の手を握り返した。

離れてみてよかった。今の二人はまるで結婚前のようだ。私たちは何も変わっていない。

ロティサリーチキンとピザが運ばれてきた。空腹の旺介が、さっそくチキンにかじりつく。

「どう?」

「ん、うまい」

飲み込もうとしたピザのチーズが喉に引っかかるような感触を覚えた。

「旺ちゃん、私にも切って」

泉もチキンを口に入れた。舌で使われているスパイスや焼き具合を探り、頭に焼き付けていく。旺介が出張を終えて帰ってきたら再現しよう。もっとおいしく、もっと旺介好みの味に。


「んー、おいしいー」

オリーブに挽肉を詰めたフライを食べた仁藤に、泉と宇津井も続く。

仕事終わりに、駅前のイタリアンレストランに三人で寄った。仁藤はワイン、宇津井はカシスオレンジ、泉は炭酸水で乾杯したところだ。

「おいしいですね、これ。オリーブのフライって初めて」

衣をつけた小さな固まりを観察する。家で作ったら旺介も喜ぶだろうか。

「イッさん、なんでパスタ、タラコはパスなんすか？」

「ここんとこ、タラコふりかけばっかり食べてるから」

一人だと料理をする気がしない。まとめて作って冷凍してある野菜スープを温めて卵を落とすくらいだ。さすがにご飯は飽きてきて、昨日はオリーブオイルで和えたパスタに掛けて食べた。

「お弁当も作らなくなっちゃったしね。せっかくの腕がもったいない」

「また倒れちゃいますよ？」

「ほらイッちゃん、ビタミン摂って。まあ一人じゃ寂しいんだよねー？」

仁藤が取り分けてくれたフルーツトマトのサラダを、礼を言って食べた。

「旺介さん、あっちでご飯とかどうしてるんすかね？」

「適当にやってるんじゃない？　工場にも食堂あるし」

ランチタイムの取り調べが夜も行われるのではと警戒した。そうでなくても気が重いのだ。

「一人だから仕事に集中できて助かってますよ。なんかつい、仕事のことを考えちゃうし」

「麻生サチのあれ、なんか大変そうっすね」

運ばれてきたペスカトーレを取り分けようとした手が止まった。仁藤に小さく睨まれた宇津井があわてて続ける。

「あ、いや、通常よりも間に入る人が多いから、ほら、クライアントだけじゃなくて。だからやり取りが手間取るってことで」

「手間取らせてるのは私」

前回の打ち合わせを元にデザインを修正し、残業も重ね、これならというものができた。それがまた麻生サチから突き返された。

怖いものみたさで今日、麻生サチのＳＮＳを見てみた。情報解禁前なので具体的なことは書かれていないが、「進行中のプロジェクト」について盛大に愚痴られていた。

――サチのこだわりを全然分かってもらえずイライラ。

――日本語通じないのかレベル。

「通じるように説明するのがプロデュースなんだけどね……。大丈夫、課長もそういうの慣れてるし」

仁藤が取り分けを代わろうと、泉が手にしたパスタサーバーをそっと取ろうとする。ＳＮＳを見た泉が落ち込んでいるのをみて、飲んで帰ろうと誘ってくれたのも分かっている。

「大丈夫です」と仁藤の手を押しとどめ、取り分けにかかろうとしたとき、「あの」と呼びかけられた。

仁藤より少し年上、三十代半ばの女が、隣のテーブルから身を乗り出すようにしてこちらを見ている。同席する女二人もだ。

スニーカーに合皮らしきリュック、レーシーな羽織り物、肌の露出が多めのトップス。雰囲気がばらばらなところをみると、会社の同僚というよりはママ友仲間に見える。

「そちら、女子会セットじゃないですよね？」

「ええ。一応、男子が」

仁藤が笑って宇津井を示すと女たちが顔を見合わせた。

「それペスカトーレですよね。なんか私たちのとずいぶん違うなって」

ほろ酔いの勢いか、今度は仁藤と宇津井が「えー?」と隣のテーブルに身を乗り出す。泉も気になって続いた。

「なんか私たちのは盛りも少ないし、具もどこ、って感じで」

声をかけた女が、スマホの画像を見せる。女子会セットの案内だ。確かに載っている画像は泉たちのパスタの方が近い。

「まあ、僕たちのは単品だから。セットだから他のメニューが多めなんじゃないっすか?」

「これが締めなの」

「五品で飲みもの別、二千円も払ったのに」

不満げな会話を聞きつつ、そっと泉たちは引っ込んだ。

「二千円で五品だったら、あんな感じじゃないですか? 先にお肉とお魚が出てるみたいだし」

「まあついてなかったってことで、お店変えるしかないよね。文句言っても雰囲気が悪くなるだけ」

三人をよく見ると温度差がある。一番怒っているのは声をかけてきた女で、もう一人は盛り上げ役、残り一人は合わせているだけだ。

宇津井が「ああいう人いますよ」とささやく。

「俺の伯父さんが日光で食堂やってて、名物のワカサギとか出すようなとこなんですけど、ときどきああいう客がいるんですよ。ワカサギなんて個体差があるし、メニューの写真は大きめの一番盛れてるやつを使うじゃないですか。もちろん客に出す一皿の量はいつも同じだけど、見た目でメニューより少ないって、バイトのいたいけな少年をつかまえてちくちく言うんですよ」

「宇津井くんのことだ」

「そう。で、そのときに伯父さんが、ああいう客は北極から来たんだって思えって。遥か遠くから楽しみに来た。遠いからめったに来られない。もう来られないかもしれない。期待外れでもじゃあ別のところ、ってわけにいかない。だから、がっかりすると反動が大きいんだ、って。あの人たちもそれぞれなんかあって、北極にいるんじゃないすかね？　心の」

「家族の世話とか、介護とか」

泉が言うと、仁藤もうなずいた。

「子どもの頃もそうだよね。お母さんのご飯が気に入らないとがっかりしたじゃない。子どもだから自分で作れないし、外食もできないし。一日三回しかご飯が食べられないのに、そのうちの一回がー、って。今は出されたものが気に入らなければ、あとで口直しができるから」

「そう、ちょっとの我慢で済むから執着しないんですよね」

泉が言ったとき、「ここ良くない?」という声が聞こえた。

三人組が携帯電話の画面を覗いている。しっかりパスタも食べ始めている。

「いいね、次ここ行こ」

「クーポンあるよ、ドリンク一杯無料」

スクリーンショットを撮る音が不満を打ち切ったようだ。宇津井が苦笑する。

「全然北極じゃないし」

「まあウッツンもいいこと言えるって分かった」

仁藤の言葉に笑ってしまったとき、泉は不意に思い出した。

――口直し。

山梨のカフェで好みのメニューでなくても笑って許してくれた旺介。あれは結婚前のような思いやりからだとばかり思っていた。

「それだよ、イッちゃん」

仁藤が泉に体を寄せる。

「麻生サチも北極にいるの、今回の企画は、彼女にとってもめったにないチャンスだから」

「あー、だからカリカリしてるんすね」

「そうですね」

作り笑いで答えながら、山梨の旺介を思った。

旺介は今、何を食べているのだろう。


ウィークリーマンションのドアの鍵を開けながら旺介が苦笑する。

「何で来ちゃうかな。明後日帰るんだよ？」

週末、土曜日の昼、また旺介の元を訪れた。前回と同じように駅まで迎えに来てもらい、到着したところだ。

「せっかくだからもう一回山梨デート。行きたいところもまだまだあるし――」

旺介が開けてくれたドアから入って立ちすくんだ。

キッチンのコンロにフライパン、調理台にはボウルやフライ返し、菜箸、皿やフォーク、ナイフ、シンクにはザルと洗い桶《おけ》がおかれている。「びっくりした?」と旺介が笑った。

「今日の昼は、俺が作るから」

「どうしたの、これ?」

「レンタル。一週間三千円で調理道具を貸してくれるんだ、ここのマンション」

入口にマンションのロゴが入ったコンテナボックスがあった。

「イズ、どうした?」

「言ってよ、私も持ってきたのに」

旺介が持ってくれていた保冷バッグを示す。ドリアを焼くオーブンはないが、旺介が好きだと言ったロティサリーチキンやポテトサラダを作って持ってきたのだ。

「そっちは夜食べよう。イズが来るから準備したんだ」

冷蔵庫の扉を開けてみせてくれた。

前回見たときはほぼ空だった冷蔵庫に、今は食材と、ラップを掛けたボウルが入っている。

「どうしたの?　いきなり」

「俺も料理しようかな、って思って。食事の支度、イズに任せっきりなのも悪いしさ」

何も口に入れていないのに、喉に何かが引っかかる感じがする。

先週末、旺介がカフェのロティサリーチキンを褒めたときと同じだ。なぜか旺介が遠ざかっていくような気がする。

「旺ちゃん、帰り、遅いんだから無理しないで」

「ちょっとずつ慣れてくよ。二人の家なんだから」

無邪気な顔が笑っている。「ね？」とダメ押しされて、ついうなずいていた。

「お昼、何を作るの？」

「楽しみにしてて」

イチゴジャムとベーコンのトーストだったらどうしよう、と身構えたが、旺介が出したボウルを見てすぐに分かった。

生姜焼きだ。薄切りの豚肉がタレに漬け込んである。

「ネットで簡単なレシピを見付けたんだ。ほら、テレビでも見てて」

奥の部屋に追いやられた。

仕方なく座り、テレビをつける。旺介が料理にかかりきりなのをいいことに、斜め後ろからじっと観察する。

じれったいほどゆっくりと包丁の音がする。キャベツを切っているのだろう。

伸び上がって旺介の手元を見ると、タレに漬けた肉に片栗粉をからめている。泉の視線にも気づかないほど真剣だ。続いてガスコンロにフライパンを置いて火をつける。

「旺ちゃん、換気扇」

「分かってる」

換気扇を回し、フライパンに油を入れてタレに漬けた肉を入れる。ややあって、熱したタレが放つ香りが泉の鼻孔にも届いた。

肉が焼ける間に旺介はレトルトパックの白飯を二つレンジで温める。意外に手際がいい。会社でもスケジューリングが早くて上手いと言われているのを思い出した。

「できたよ」

旺介がトレイに二つの皿と白飯を盛った茶碗、そして冷茶を注いだグラスを載せ、奥の部屋に来た。

皿に生姜焼きがたっぷり盛られ、無骨な千切りキャベツが添えられている。得意満面の笑みが泉を促す。

「どうぞ」

「いただきます」

手を合わせてから、生姜焼きを食べようと箸を伸ばした。

帯のようにだらりと肉が端から垂れ下がる。パックから出してそのままタレに漬けたのだ。

「どう?」

旺介が泉を見ている。茶碗で受けるようにして端を口にいれた。

嚙みきれない。段ボールのように固い。筋を切ったり叩いたりして柔らかくしていないし、調味料に漬けすぎて水分が抜け、固く縮んでしまったのだ。

「ね、どう?」

旺介に言われても答えられない。口いっぱいの肉を必死で嚙み締めているからだ。

「ダメ?」

旺介があわてたように口に入れる。そして、肉を頰張ったまま うなった。固い、と言ったのだろう。

「ね、ナイフとフォークがあったよね」

キッチンからナイフとフォークを取ってきてもらい、二人で再び生姜焼きと取り組んだ。

小さく切った肉を嚙む。豚肉独特の匂いが鼻につく。下処理を充分にしていないからだ。肉を買うときに吟味しなかったのだろう、脂も多すぎる。

旺介を窺うと、引きつった顔で肉を嚙んでいる。そして飲み込むと引きつったまま笑顔を浮かべて明るく言った。

「いいよ。せっかく作ってくれたのに」

「失敗。イズ、もう食べなくていいよ」

「いいから」

旺介が二つの皿を乱暴にトレイに置き、立ち上がった。

「こんなまずいの、イズに食べさせられない。どっか食べに行こう、おいしいもの」

「ちょっと待って」

「いいって」

「待って」

泉が声を張ると、旺介がようやく振り返った。笑顔を作り、旺介の手からトレイを取った。

「ちょっと待ってて」

鍋に水を入れて火に掛け、沸かしている間に不格好な刻みキャベツをザルに入れて洗った。沸いた湯でさっとゆで、ザルに上げて冷ます。

口をつけていない生姜焼きは小さく刻んだ。冷蔵庫を開けると、思ったとおり生姜がある。刻んだ生姜を洗ったフライパンに油を入れて熱し、香りが立ったところで刻んだ生姜焼きを入れ、醤油と塩で調味する。

別の皿を出し、作り直した刻み生姜焼きとゆでたキャベツを盛り、「お待たせ」とトレイに載せた。

旺介は泉の後ろでじっと見ていた。

さっきとは逆に「座って」と促し、二人揃って食卓についた。

「生姜焼き丼。ご飯に載せて。ちゃんとキャベツも食べてね」

わざと明るく言った。

「ね、食べて」

旺介が肉、キャベツと茶碗に載せる。そして、白飯とともに口に運んだ。

「どう？」

「うまい」

「そう？」

泉も生姜焼き丼を口に運んだ。

醤油が香ばしく肉にからみ、肉は固いけれど刻んだからさっきよりは食べやすい。失敗作のリメイクにしては上出来だ。

視線を感じて顔を向けると、旺介が箸を止めて泉を見ている。

「イズ、嬉しそうだね」

「おいしくできたから、私たちの合作。いいコンビネーションだよ」

「――」

「家事は得意な方がやればいいよ。旺ちゃんだってゴミ出しやお風呂掃除をしてくれてるんだから」

黙ったままの旺介に「食べて」と促す。旺介が箸を取りながら苦笑いを浮かべた。

「俺も、イズみたいになりたかった」

「何、もう、料理くらいで。ほら、冷めちゃう」

旺介が生姜焼き丼を口に運ぶ。見ているうちに、泉は胸のつかえがきれいに消えていることに気づいた。


翌週の夕方、仕事の合間に飲みものを買おうとエントランスホールのベンダーに向かうと、出先から戻って傘を閉じたところの湯沢と出くわした。

泉の後ろから来た企画営業課の女性社員が不思議そうに呼びかける。

「あれ、課長、直帰じゃなかったでしたっけ」

「うん、ちょっと。イッさん、ちょうどよかった。時間もらえる？」

言われるままに、先に休憩室に入って適当に座った。

少し置いて入ってきた湯沢が「栗尾さんも呼んだ」と泉に告げ、次いで手のひらを泉に向けた。もしや、と泉がタッチをすると、湯沢は「体調よさそうだ」と笑った。

「手が温かいからですか？」

「うん。旺介も帰ってきたし一安心だね」

旺介は一昨日帰京した。留守にしていた分の仕事がたまっていると、さっそく残業に追われ、まだゆっくり話もできていない。

栗尾が「お疲れさまです」と入ってきた。社内用のミニバッグを持っているのは、十六時の時短退社が間もなくだから、更衣室に直行するつもりだろう。

湯沢が携帯電話を出し、アプリを立ち上げる。泉と栗尾に向けられた画面の中で、泉がデザイン中の容器が３Ｄで立ち上がったのを見て、何を言われるかと身構えた。

デザインのチェックをしてもらいたいと、昼過ぎに湯沢のメールアドレスに送信したものだ。

泉は恐る恐る湯沢に「どうでした？」と尋ねた。

「うーん……。ちょっともう、この段階で」

「ダメですか？」

「このまま進めても、また前回と同じように先方から戻されると思う」

反射的に栗尾に顔を向けると、小さくうなずいただけだ。予定より早いが湯沢にチェックをしてもらえと栗尾から強く勧められた理由が分かった。

湯沢が画面の中の容器を線画に変え、泉に向けてくるくると回してみせる。

「前回より工夫してるけど、やっぱり先方のデザイン案から方向がそれちゃってる」

「これじゃ麻生サチのデザインじゃなくて、イッちゃんのデザインだよ」

「先方のイメージ画をブラッシュアップしただけで、ポイントは変えてないです。こっちの方が、テーブルのない場所で食べても安定するし、高級感もあります。一度クライアントに見てもらうことは――」

「でもさ、プロデュース・麻生サチというのが、この企画の肝で、そこを押していく上では、ねえ？」

「麻生サチが出した絵を具現化しろって話なの」

栗尾が言い切り、湯沢が「まとめなくていいから」と苦笑いした。

「イッさん、とにかく、このままじゃゴーは出せないから、期限も迫ってるし早急に方向転換をして」

「分かりました。作り直します。でも、こちらも一度、先方に見てもらいたいんです」

「前回のようなオリジナル路線をもう一度出したら、作り直したものに全力を注いでないみたいに思われるよ」

「使い捨ての容器でも写真で残れば永遠に残る、だからよりよいものを作りたいんです」

「分かるよ、自分の仕事だからベストを尽くしたいって。でも、我を出しすぎ。苦いものをイヤって吐き出すのは子どもだよ。大人なら飲み込まないと」

言葉をなくした泉に栗尾が告げる。

「イッちゃん、お料理上手だから分かるでしょ？　おいしいは味じゃない。食べたいものを食べるからおいしいの」

「おお。そのまとめはいい」

湯沢が笑って拍手をしてみせる。雰囲気をほぐそうとしたのだろう。栗尾が「でっしょーう」と笑って受けたのもきっと同じだ。

「イッちゃん、頑張り屋さんだからさ。でも今回はさ、もう、楽しちゃえ。麻生サチが全責任をとるんだから、やりたいようにやらせてあげよ」

「締切も迫ってるから、至急、もらったデザイン案を最大限尊重したものを作って」

真面目な顔に戻った湯沢が泉に告げた。「はい」と無理矢理口元を緩めたとき、泉はなぜか、生姜焼き丼を食べながら旺介が見せた苦笑いを思い出した。

帰宅して夕食の準備をしながら、湯沢と同じ携帯電話のアプリで突き返されたデザインを見た。

確かに麻生サチから出されたイメージ画とは、ハート型で青っぽいということしか共通点がなくなっている。だけどそれは改良点が次々と浮かんだからだ。

焦げた匂いに気づいて息を吞んだ。はっとフライパンを見ると、ラザニアのソースを作ろうと炒めていた野菜が焦げ付いている。

あわてて火を止め、中身をチラシで折った箱に手荒くこそげ落とした。

材料が余分にあったのが不幸中の幸いだ。手早く野菜を切り、きれいにしたフライパンで再び炒め始める。終わるまで携帯電話を見るまいとフライパンを睨み続けた。

挽肉とトマトソースを加えてボロネーゼを仕上げ、次の作業は後回しにして携帯電話をつかんだ。画面に指を滑らせ、細部を拡大する。

「あー、もう……！」

会社で使っている大きなモニターで存分に検証したい。独身のときなら許される限り残業できた。しかし今は家事がある。今夜は旺介が久しぶりに家で夕食を摂るのだ。

頭を冷やそうと作業に戻り、ラザニアをゆでて耐熱容器にボロネーゼと交互に並べ、シュレッドチーズを載せた。あとはオーブンに入れるだけだ。卵サラダと甘めのカレーピクルスはもう冷蔵庫で待機中だ。

時刻は二十二時近い。家事を中断してはアプリを見ていたので遅くなってしまったのだ。ダイニングテーブルに移り、再び携帯電話と向き合う。

アプリを開く前に、麻生サチのイメージ画をいやいや表示した。

「ださ……」

泉は腹立ち紛れに小さく吐き捨てた。

——我を出しすぎ。

湯沢や栗尾が出さなさすぎなのだ。

イメージ画を消し、旺介に電話を掛けた。退社時に、夕食を家で食べることを改めて確認するメッセージを送ったのにまだ返事が来ない。

「もしもし——」

呼びかけた言葉が途切れた。応じたのは旺介ではなくアナウンスだった。

歩き慣れた駅までの道が見知らぬ道のように思える。深夜〇時を過ぎているからだ。

こんな遅い時間に一人で歩いたのは初めてだ。しかも雨降りで見通しが悪く、音が雨に吸い込まれて怖いほど静かだ。

携帯電話の画面が光る。持っている手に力が入り、サイドボタンを押してしまったからだ。旺介からの着信ではないと落胆することを、もう何度も繰り返している。

電話もメッセージの返信も来ない。最寄り駅の終電時刻は過ぎてしまった。コンビニ、あるいはどこかの店にいるのか、もしかしたら事故にでもあったのか。

住宅街を抜ける道の十字路を通るたびに、足を止めて両横の道を見渡した。雨脚が強くなって泉の視界を遮る。旺介に夕食を捨てられた日、投げつけられた言葉を思い出した。

——俺、駅から遠くなっても我慢したんだよ。

雨の日も風の日も駅から十五分も歩くことになっても。

携帯電話の画面が再び光ったとき、別の方角でも何かが鈍く光った。

住宅街と駅に続く商店街を分ける道の手前にある、公園の横まで来ていた。街灯で薄明るい敷地に目を凝らすと、中央にある三角屋根の東屋《あずまや》に人影が見える。

恐る恐る数歩近づくと、男がベンチに座っている。

「旺ちゃん!?」

泉の呼び声で旺介が携帯電話から顔を上げた。

駆け付ける泉を、旺介は座ったまま見上げる。ジャケットと仕事用バッグを傍らに置き、脱いだ靴に両足を乗せている。

「こんなところで何してるの？　私のメッセージ見たよね？　留守電も」

「ああ……。ああ、うん」

寝ぼけているような鈍い反応だ。

「心配したんだよ？　連絡もないし、終電も終わっちゃって」

旺介は黙って目線を下げただけだ。

「心配したんだよ？」

聞こえなかったかと繰り返すと、旺介がようやく気づいたように「ごめん」と短く告げた。

「ちょっと、仕事が詰まってて、通知切ってた。メッセージとか、今見たところで」

力のない声を聞いて、怒りが一気に不安に変わった。

出張前のうつ状態に戻っている。力のない目が宙をぼんやりと彷徨っている。

「旺ちゃん、とにかく帰ろう？」

優しく呼びかけると、旺介が黙ってのそりと立ち上がる。ジャケットを持ってやり、傘をさして東屋を出た。

傘をさした旺介が遅れて歩き出したので横に並んだ。努めて明るく声をかける。

「ご飯は？　何か食べた？」

「いや」

「じゃあお腹空いたでしょ。トマトのラザニア、すぐできるから」

「いい」

「え？　ラザニアだよ？　好きでしょ？」

「腹、減ってないから」

疲れた足取りが泉に先んじた。足を止めた泉に気づかないのか、みるみるうちに遠ざかっていった。


3Dプリンターの四角いガラスケースの中で、ノズルから噴き出すシリコンの霧がみるみるうちにピンク色のハートを形作っていく。

旺介の心もこんな風に目に見えたらいいのにと思う。

「まあ、ようやくここまで来たよね」

一緒に作業室でサンプル作成を確認している湯沢が、横から泉を励ますように声をかける。強張った顔に作り笑いを浮かべ、「お手数掛けました」と詫びた。

「こっちできましたー」

別の一角から栗尾が来た。容器に貼る、青い模様をプリントしたフィルムを掲げている。湯沢がチェックし、「いいね」と親指を立てると栗尾が肩をすくめる。

「私たち、麻生サチになったから」

イメージ画を忠実に再現したという意味らしい。去り際に、さっき泉と一緒に見たサチのSNSを、サチの口調を真似て再現する。

「サチは絶対妥協しない。完璧なものじゃなきゃ許さないから！」

「売るのはお前の仕事だぞ、ってな。あ、旺介もちょっと見て」

振り返ると栗尾と入れ違いに旺介が入ってくるところだ。「麻生サチ企画」と湯沢に教えられた旺介が、シリコンの器にフィルムをあてがい、そして微笑んだ。

「いい感じですね」

「ありがとうございます」

社内なので他人行儀に礼を言うと、旺介は小さくうなずいただけで、今自分が進めている企画について短く湯沢に報告し、目指すエリアへと去っていく。旺介から返された器を、湯沢が改めて見た。

「イッさん、あの短い時間で切り替えて、いいものを作ってくれたよね。デザインの好き嫌いはあるだろうけど、使いやすい容器になった。クライアントも喜ぶよ」

「プレゼン、うまく通るといいですね」

上の空で答えた。数日ぶりに見た旺介の笑顔で頭がいっぱいだ。

デザインをイメージ画に忠実に仕上げたのも、旺介のことが気がかりでデザインまで頭が回らなくなったからだ。

——味覚が鈍り食事が進まない。

うつの兆候リストの中の最後の項目を、旺介が満たしてしまった雨の夜から五日が経った。

旺介の帰りは連日遅く、帰宅すると泉がキッチンにいるときは寝室か風呂、逆のときは居間と、一缶の酎ハイを片手に一人こもっている。泉がこれでもかとばかりに旺介の好物ばかりを作っているのにろくに食べない。

今見たとおり、会社では努めて普通に振る舞っているのが逆に心配だ。無理をしているのではないだろうか。

――うつの兆候に気づいたら、早めの受診を。

パンフレットにあった文言をみて、旺介にさりげなく勧めてもみた。

――旺ちゃん、疲れがたまってるみたい。

一度病院でみてもらった方がいいんじゃない？

――大丈夫だから。

さっきのようにさらりと去られてしまった。

ピンクの器を技術者がフィルムを圧着する機械に入れ、湯沢が我が子の誕生のように見守っている。

誰かに相談したいが、会社のメンバーに言ったら旺介が嫌がるかもしれない。義母や義妹の弥生のことも考えたが、まだ義父の死からさほどたたないのに心配事を持ちかけるのははばかられる。それに夫を案じるのは妻の役割だ。

「イッさんが最初に出してくれたデザインも、いつか何かで形にできるかもよ」

湯沢が励ますように言ってくれる。泉が黙って考え込んでいたからだろう。礼を言おうとしたとき、技術者が機械から完成したサンプルを出した。

フィルムが貼られた器は、まさに麻生サチのイメージ画の具現化だ。

湯沢が自分の携帯電話を出して器を撮る。これから一眼レフのカメラで何枚も撮るのに、と怪訝に思い、そして気づいた。

「湯沢課長、もしかしてその写真、奥さんにですか？」

「うん。完成報告に見せる」

企画を立ち上げるとき、サチが指定した弁当の中身を湯沢の妻が作って見せてくれたのを思い出した。

「おいしそうでした、あのお弁当。奥さん、お料理お上手なんですね」

「それ言っとく。たまには褒めて、ってうるさいから。分かってる、感謝してるんだけどさ、まあ、毎日のことだとついね。口に出して感謝したり、褒めたりしないと伝わらないってことは、よーく分かってるんだけどさ」

反論しようとした泉をすかさず封じた湯沢が続ける。

「餓《う》える、って、我を食べるって書くでしょう？　なんていうか、感謝とか褒め言葉とか、言ったら愛？　そういうものに餓えたら自分を消耗しちゃうってことだと思うんだよね」

「消耗……」

「奥さんが言ってた。自信があるから感謝や褒め言葉がなくてもなんとか頑張れるの、って。そうだよね。俺だって使い捨て容器を作り続けて、ゴミを作ってる、なんていう声もあってちくしょうって思うこともあるけど、必要としてくれる人がいるっていう自信があるから」

湯沢が出来たてほやほやの器を、大事に手に取った。

「だからイッさんも、今回のことでは忸怩《じくじ》たるものがあるかもしれないけど、自信もって。よし、持ってこ」

撮影のために作業室を出る湯沢を追いながら、泉は舌先を強く嚙んだ。込み上げる涙を止めるためだ。

泉も餓えているのだ。

――餓えを補うのは自信。

廊下を歩きながら窓外に視線を向ける。

あの日も雨だった。七月、ちょうど一年前になる。

◇

梅雨のランチタイムは休憩室が混み合う。皆、雨の中を外に行きたくないからだ。ランチは栗尾のように出社時に買うか、仁藤や泉のように自宅から持参する。

デザイン室の冷蔵庫に入れてあった冷たい弁当を、三台あるレンジ前の行列に並んで温めた。いつものメンバーが揃ったテーブルについて食べ始めたとき、女性社員たちの顔がヒマワリのように揃って一方に向いた。

「お疲れさまです」

「お疲れさまです」

太陽は旺介だ。紙袋を手に笑顔で挨拶を返し、目でテーブルを探す。

「旺介さん、ここ空いてますよ？」

「大丈夫、ありがとう」

泉たちが座っている長テーブルから少し離れた四人掛けテーブルに旺介が向かった。宇津井が待っているからだ。

女性社員の一人は明らかに落胆している。もう一人は身を乗り出すようにして旺介に話しかけている。四月に入社したばかりで、今、研修で営業部にいる社員だ。媚《こ》びるような話し方が鼻につく。

昨年の暮れから旺介と付き合い始めて七ヵ月になる。未だに社内では秘密の関係だ。それは泉が望んだことだが、今はもう一つの望みがある。

四月に旺介が賃貸契約を更新すると聞いたとき、泉は旺介に思い切って告げた。

——一緒に住むのもよくない?

——そうだね、次の更新は一緒にできるといいね。

結婚したいという遠回しな誘いを笑ってかわされた。

週末は毎週一緒に過ごしているし、泉が一番なのは分かっている。今のところは。旺介は営業という仕事柄、社内も社外も顔が広い。顧客を得ようと営業同士で飲み会を企画することもよくある。

社外の友だちには泉と付き合っていることを隠す様子はないが、地元の友だちと飲むからと週末帰郷するときに連れていってくれることはない。お盆休みを控えているが、両親に会わせたい、という言葉も未だに聞けない。

旺介に視線を向けると、弁当を順調に食べ進んでいる。

泉も箸で春巻きをつまんだ。弁当用に小さめに作った春巻きを一口かじると、ふわりとカレーの香りが立ち上る。具にドライカレーを入れてあるからだ。

栗尾、仁藤たち女子が「いい匂い」と視線を向ける。

「春巻きの具にカレー?」

「はい。ドライカレーが残ったから具にしてみました」

「なんか匂いでカレーを食べたくなっちゃった。今夜カレーにしようかなあ」

「栗尾、私の分も作ってよ。梅雨だるにカレーってなんか良さそう」

「え、猪原さんもカレー？」

営業部の女性社員が、旺介と泉を交互に見た。

旺介を見ると戸惑い顔で一口かじった春巻きの箸を止めている。

栗尾が鼻をひくつかせる。

「匂うー。旺介さんの春巻き、イッちゃんのと同じカレー春巻きだよー」

「うわ、見た目もそっくり。イッさんが作ったんだ？」

宇津井が目を丸くし、仁藤は含み笑いで泉にささやく。

「何、二人、付き合ってたんだ？」

「いえ……そんな……」

すかさず否定してみせる。

旺介は今朝、泉の部屋から出社した。そのときに持たせた弁当だ。梅雨時だから冷蔵庫で保管するようにくどいほど頼んだ。

そうすれば食べるときに必ずレンジで温める。温めてかじればカレーの香りが立ち上る。

「否定してもバレバレだよー」

「えー、ショック……」

「旺介、白状しちゃえ」

女性社員たちの声に湯沢の声が割り込み、泉と同じように否定している旺介の顔がますます引きつる。同じテーブルにいた営業部の部長は、旺介と泉を交互に見る。心の声が聞こえるようだ。

――君たち、ちゃんとしてるんだよね？

昭和の体質を引きずる栄光化成は社内風紀が厳しい。社員同士が恋愛関係にあると分かれば結婚を強く勧められる。交際がバレて結婚させられたという社内夫婦は全国の工場や支社に無数にいると聞いているし、実際に結婚に追い込まれたカップルを泉も一度目の当たりにした。

ふんぎりをつけることができない旺介のために、きっかけを作っただけだ。

騒ぐ周囲をよそに、泉は戸惑った振りをしてうつむいている。下手なことを言って台無しにはできない。三回目でやっと成功した弁当作戦なのだ。

あとで旺介に謝ろう。まさか昼食の時間、休憩室ですぐ近くに座るとは思わなかった、と。優しい旺介は苦笑いで許してくれるだろう。

泉は顔を少しだけ上げ、上目遣いで旺介を見た。

ちょうど旺介も泉に視線を向けたところだ。その目は笑っていなかった。

◇

「いやあ、入籍までめっちゃ早かったっすよねー」

隣を歩く宇津井は感慨深そうだ。「え？」と聞き返し、倉庫外壁の乏しい灯りだけを頼りに宇津井の表情に目を凝らした。

「渡瀬《わたせ》くん。付き合ってるって聞いたばっかりじゃないっすか」

「あ……。そうだね。急だから披露宴をやらないのかな？」

工場で設備管理を担当している渡瀬は宇津井の同期で、泉が本社に移ったときに一緒に研修を受けた。仕事終わりに、泉が代表となって有志で集めた結婚祝いを届けに工場に向かっている。宇津井は工場に続く生産本部で行われる、例の勉強会に行くところだ。

「渡瀬くん、浪人と留学で俺より三歳上だから、イッさんと同い年っしょ？　すごいなあ。俺なんて石橋を叩きすぎて壊してばっかりだから、結婚なんて踏み切れる気がしない」

「結婚すれば、きっと結婚してよかったと思うよ」

——A house is not a home.

家を家庭にするのは自分次第なのだ。きれいに調え、テーブルにおいしい料理を並べて。だから頑張ってきた。

暗澹《あんたん》たる気持ちになる泉をよそに、宇津井がうなる。

「さすが人妻、言葉に重みがある。今日、ご飯何作るんすか？」

「ポークピカタとホウレン草とタラコのクリームペンネって、この季節どう？」

「うわ、うまそう」

「言っただけ。あっちは食べるか分かんないし」

「夜食べられなくても朝食べるでしょ」

「朝は食べないし」

もはや旺介は泉の料理を食べようともしない。

――ごめん、食欲ない。

調べると、うつにはビタミンB群がいいとあったので、豚肉やホウレン草、タラコなどビタミンBが豊富な食材を使って料理を作るようにした。しかし食べてもらえないのだ。

さすがに帰宅や食事の要不要の連絡は入れるようになったが、勉強する、本を読むと理由をつけて遅いのは相変わらずだ。

旺介の健康のためとはいえ、ヘルシーメニューを押しつけた泉が悪いのかと考えた。しかし義父が亡くなったあとは、かなり譲歩して旺介好みのメニューを作っている。

――最後の晩餐は、イズのドリアがいいな。

義父の葬儀を終えたあと、旺介がぽつりと言っていたことを思い出した。調べると、身内の死でうつになる例は多いらしい。

思い切って相談してみようか。生産本部に入り、エレベーターに乗る宇津井の背中を見た。社内で一番旺介の近くにいるのは宇津井だ。気は弱いがその分思いやりもあるから、口止めすれば大丈夫かもしれない。

「宇津井くん、ちょっと相談が――」

三階でエレベーターを下りながら、思い切って呼びかけた声を飲み込んだ。宇津井が「ん？」と足を止める。

「このコーヒー、ここで売ってたんだ」

廊下の自動販売機に見覚えのある缶コーヒーが入っている。ご当地もののマイナーなブランドものだ。

「それが何か？」

「旺介さんが、このコーヒーをたくさん持ってたの。人から貰ったって言ってたから」

「あー……」

宇津井が困ったような顔になって歩き出す。気になり「何？」と前に回り込んだ。

「何かあるの？」

「うん……まあ、ちょっと……。そんな怖い顔しないでくださいよ」

あわてて表情を和らげ、「何？」と畳みかけると、宇津井がようやく口を開いた。

「いや、これから行く勉強会のメンバーの中に、旺介さんになんか、アプローチっていうか？距離詰めようとする女性社員がいて」

「旺介さん、結婚してるのに？」

「いや、旺介さんとイッさん、不仲説があったりもするから。出勤は別々だし、イッさん、社内で旺介さんに素っ気ないし、家の中のことも話したがらないし」

女性社員たちに反感を買うまいとしただけだ。

「ほら、俺や仁藤さんや課長はイッさんちに行ったり、飲みに行って話を聞いたりして、ほんとは仲いいんだろうなーって思ってるけど、そうじゃない社員が圧倒的にいるわけだし。で、彼女が噂を真に受けたのか、勉強会が終わると旺介さんを追っかけていくんすよ。二人きりになろうとして」

声も出ない泉に、宇津井があわてたように「でも大丈夫」と告げた。

「旺介さんはいつも、ごめん、飲みものを買うから先に行って、って逃げてる。で、そのときに買って呑まなかったコーヒーがたまったんじゃないかと。ほら、何も買わないと言い訳だってバレバレだし、同じ勉強会にいるからそうそう雰囲気も悪くできないし」

宇津井が「大丈夫っすよ」と繰り返す。作り笑いで応じた。

頭の中が混乱で渦巻いている。コーヒーの出所を旺介が思い出せないといったのは、うつ状態による注意力散漫だとばかり思っていた。

「あ、旺介さん、もう来てる」

宇津井の声が聞こえて視線を向けた。

壁にはまったガラスの向こうは生産本部の休憩室だ。勤務終わり、あるいは勤務を前にした社員たちで、テーブルがいくつか塞がっている。長テーブルの端に旺介が座って何かの印刷物に目を通している。

一緒にいる社員数名は勉強会のメンバーだろう。勉強を前に夕食代わりのパンや菓子を食べているメンバーもいる。

「イッさん、あの人」

髪を後ろできっちりまとめ、技術開発室のジャンパーを着た小柄な女が、こちらに背を向けて長テーブルに近づいていく。

女が旺介の前で足を止める。寄り添うように横に並んだので、体の半分がこちらに向いた。両手で抱えているのは、半分開いたフタから湯気が立つカップラーメンだ。

休憩室に入ろうとした宇津井が、足を止めて泉に振り返った。

「あ、俺に相談があるってさっき」

「なんでもない」

自分の声が遠くから聞こえた。

旺介が女に笑顔で礼を言い、カップラーメンを食べ始める。旺介の唇が、縮れた麺を勢いよくすすり込んでいく。

泉は自分の手が氷のように冷たくなっているのに気づいた。

# 4

「早いですねえ、もう七夕ですよ。まあ俺の七夕は半年前でしたけどね」

真四角のテーブルで斜め向かいに座った宇津井が、飾られた七夕仕様のパッケージにしみじみと見入っている。

その姿から目を離せない。一週間前に、この生産本部の休憩室で同じ席に座っていた旺介の姿がオーバーラップするからだ。

そして泉が今座っている席には女がいた。苦労した仕事について滔々《とうとう》と語る宇津井に相づちを打ちながら、ガラス壁で隔てられた廊下へと体の向きを変えた。

あのとき泉に気づいた旺介は、どんな気持ちで小さく手を挙げてみせたのだろう。旺介の視線を追い、泉に気づいて会釈した女も。ここに座っていたなら、七夕パッケージのそばに貼ってあるポスターだって見えたはずだ。

——『社内イクメン化計画！』

栄光化成では男性社員に対しても、育児休暇取得やワークライフバランスを奨励するための制度が設けられている。

——子どもができたらフル活用しないとね。

結婚当初、子作りのことを話し合ったときに旺介が言った。子どもが好きだから、育児には積極的に携わっていくと。それが一年も経たない今、旺介は家で夕食を摂らなくなってしまった。

平日は二十三時過ぎ、泉がベッドに入ったのを見計らったかのように帰ってくる。土日は外出してしまう。家で食事を摂るのは休日のブランチだけ。それも義務でもこなすかのように淡々と食べ、素っ気なく礼を言ってテーブルを去る。育てる子どもなどできるはずもない。

「お疲れさまですー」

宇津井の語尾が疑問で伸びたので顔を上げると、休憩室に入ってきた旺介と視線がぶつかった。

その後ろには、髪を後ろできりりとまとめた女が続く。

——ソノさん。

先週、宇津井がそう呼びかけていた。姓にも名前にも思えるが、宇津井の性格から言って、たぶん姓だろうと泉は見当をつけた。

「あれ、今日、勉強会じゃないっすよね？」

「分科会。最近、台湾で話題になった新素材のこと、彼女に話を聞きたくて」

「私たちは社内ボランティアの企画。旺ちゃん、話したよね？」

話していないが先手を打った。夫婦の間にろくな会話がないことを、宇津井やソノに悟らせないためだ。旺介の「ああ……」と素っ気ない返事はそれを察したからか、それとも恒例行事のボランティアを思い出してのことか。

栄光化成では年に一度、社会貢献活動の一環としてボランティア活動を行う。地域の清掃、チャリティバザー、地元の小中学校でのリサイクル啓蒙《けいもう》活動など様々だ。そのために各部から実行委員が選ばれた。営業部の代表になった宇津井がむくれる。

「旺介さん、約束ですからね。絶対手伝ってくださいよ？　ったくみんなして俺に押しつけて」

「宇津井が一番向いてるから。営業部の天使だし」

笑って行き過ぎた旺介は、ちょっと迷ってから一つ置いたテーブルに向かう。そのあとに続こうとするソノに「あの」と微笑み掛けた。

「ボランティア、ぜひ、参加してください」

「はい。できることなら」

眉が濃く、きゅっと縦に軽く潰したようなキュートな顔立ちだ。口を閉じて微笑んだ顔は相当気が強そうだ。理系の女子だから頭もいいに違いない。

ソノの情報を集めようと社内報のバックナンバーを漁ったが、生産本部で技術開発に携わっていることしか分からなかった。個人情報の保護で住所はおろか、既婚か未婚かも分からない。ソノと同じ生産本部にいる同い年の女性社員に「旺介さんが世話になっているから」と話を振って探りを入れ、ようやく年齢だけは突き止めた。

――ソノさんは私たちより一歳年下。

「イッちゃん、これでいいかなー？」

教えてくれた社員、辻《つじ》が炭酸水と紙コップを手に入ってきた。工場の生産管理担当者で、泉たちと同じく今年度のボランティア実行委員だ。以前は営業本部にいて、会社で行われた旺介との結婚祝いにも出てくれた。

「あれ、旦那さんも？」

「ううん、あっちは別件。勉強会なんだって」

「いただきまーす」

辻がテーブルに置いてあった小さなガラスボトルを掲げて旺介に呼びかけた。さっきと同じように旺介が怪訝な表情になる。また先手を打つ。

「うちで作った梅シロップ、辻さんにお裾分けしたの」

「梅干しも漬けたんだって。イッちゃん、ほんといい奥さんだよね」

ちらりとソノを見ると、旺介と同じように金色のシロップを詰めたボトルを見ている。「すげえ」と宇津井が声を上げた。

「梅干しを自分ちで⁉　できるんだ？」

「旺介さんのお母さんに教わったんだって」

今度も先手を打とうとしたら、辻が先回りしてくれた。

旺介が夕食を食べなくなってぽかりと時間が空いた。暇だとろくなことを考えない。キッチンで義父の形見のスプーンを見て、義母がらっきょうを漬けていたことを思い出した。ご機嫌伺いを兼ねて連絡を取ると、義母は今なら梅だと喜んで作り方を教えてくれた。今、キッチンでは二キロの梅を塩漬けにしている。余分に頼んだ梅で梅シロップも作った。

紙コップに梅シロップを少量ずつ注ぎ分けると、辻が「いい匂い」とはしゃぐ。研修のときに梅味が好きだと言っていたのを思い出して、今日の打ち合わせに持ってきたのだ。

三つのコップの横に二つのコップを足してシロップを注ぎ、炭酸水を注いだ。二つのコップを持って席を立った。

「これ、さっぱりするから、よかったら」

旺介とソノのテーブルに紙コップを置いた。旺介が「ありがとう」と短く答える。

「ありがとうございます。いただきます」

ソノが顔をますます縮めるように微笑んだ。「どういたしまして」と微笑み返し、そして心の中で付け加えた。

——お前の席はない。

同じテーブルにつく。交渉の場に臨むことをそう言う。

泉は旺介の妻なのだ。こんな女と同じテーブルにつく必要はない。旺介のために守り、調えてきたテーブルにこんな女を寄せ付けてたまるものか。

自分の梅ソーダを味わいながら、母と同じことをしていると思う。母はことあるごとに凝った菓子を作って友人を持てなし、小さな庭をガーデニングで飾り、泉と姉の持ち物に繊細なフランス刺繍《ししゅう》をほどこした。おかげで父がどんなに荒れ狂っていても、泉と姉は幸せな家庭で育っていると周囲に思われていた。

辻が宇津井に話しているのが聞こえる。

「梅仕事って幸せの象徴だよー。梅干しとか味噌とか幸せじゃないと作れないもん」

「なんで?」

「なんで、って先がなかったらムダになるじゃん。食べてくれる人とか、食べてもらえる場所とか。時間を掛けてじっくり醸していくものだしさ」

逆もある。泉は母を見て学んだ。家庭を維持するのは意志なのだと。

だから自らボランティアの実行委員に立候補した。社内をめぐった間違った噂、旺介と泉の不仲説を消し、泉の味方を増やしていくために。そうすれば今の危機を乗り越えられる。

大丈夫。自分に言い聞かせながら元いた席に戻り、ちらりと旺介を窺った。タブレットで一心に何かを計算している。

一年前の今ごろも、旺介との間に隙間風が吹いていた。

手作り弁当を使って二人の仲を社内にバラしたあとだ。泉が旺介に詫びたい、話し合いたいと頼むと、強張った笑顔で告げられた。

——ちょっと今、バタバタしてるから、落ちついてから。

このまま距離を置かれるのでは、と不安で気が狂いそうだった。大丈夫、大丈夫と自分に言い聞かせて耐え抜いたから今があるのだ。

小さな笑い声が上がった。ソノが手にした資料らしき紙の向きを変え、旺介がわずかに頭を寄せる。

手の甲に冷たい滴が流れ落ちた。紙コップを持つ手に力が入り、盛り上がった梅ソーダが縁ぎりぎりで揺れていた。


旺介やソノを牽制《けんせい》したという期待も空しく、翌朝目が覚めると隣に旺介はいなかった。

キッチンに入るとリビングとの境の引き戸が閉まっている。旺介はまたソファーで寝たのだ。いら立ちを堪えて引き戸をノックした。

「旺ちゃん？　ドア、開けていい？　暑いの」

クーラーはリビングの壁に付いている。ややあって、寝起きの旺介が引き戸を開けた。泉が「おはよう」と声をかけると返事の代わりにうなり声を発して廊下へと出て行く。

引き戸を全開するとリビングの冷気がキッチンに流れ込む。ソファーの上に丸まった客用のタオルケットを畳んで背に掛け、クッションを叩いて置き直してからキッチンに戻った。入れ違いに旺介がトイレから戻り、リビングに向かう。

「朝ご飯、食べるんだったら言ってね」

「うん」

どんなに素っ気なくされても明るく声をかけると決めている。ソファーテーブルからタブレットを取って出ていく背中に呼びかける。

「今日は立ち寄り？」

返事の代わりに寝室のドアが閉まる音が聞こえた。

自分のためにトーストを焼いてハムエッグを載せた。食欲はないがカフェオレでどうにか飲み込む。コーヒーは以前と同じようにコーヒーメーカーで二人分を入れている。旺介のカップを用意して出勤前にメモを添えておく。

——行ってきます。

暑いから体調に気をつけてね。

脚の一本が欠けたテーブルを支えているようだ。泉が力を抜いたら載せたものがさらにこぼれ落ちてしまう。だから泉だけは前と変わらないように努めている。

旺介がコーヒーを飲んでいるかは分からないが、帰宅するとコーヒーポットは洗って置いてある。旺介の担当であるゴミ出しも、用意しておけば出してくれる。

大丈夫、大丈夫。メイクをしながら自分に言い聞かせ、「行ってきます」と寝室に声をかけて家を出た。エレベーターがある右側に進もうとしたとき、「ええ!?」と誰かが張り上げた声が聞こえて足が止まった。

泉たちの住む古いマンションは百世帯以上が住む大規模なものだ。コの字型の右側、縦棒の上部にエレベーター、下部に泉たちの部屋がある。声が聞こえたのは、角を曲がった下の横棒の辺りからだ。何ごとかと角まで行ってみた。

曲がった先、横棒の左端には縦棒と平行するように外階段がある。ちょうど泉たちの部屋の玄関と向き合う形だ。その手前で女が二人、しきりに首をひねっているのが見える。

同じフロアの住人だろう。一人は泉と同年代、部屋着姿でゴミ袋を足元に置いている。もう一人は数歳年上、セットアップにブリーフケースの出勤姿だ。

視線が合ったので「おはようございます」と会釈すると、部屋着の方が「ちょっと」と泉を手で招いた。一瞬迷ったが、ご近所さんを無視するわけにもいかない。階段に行くと、部屋着の方が芳賀《はが》、出勤姿の方が元島《もとじま》と名乗り、芳賀が泉に階段を指差した。

「昨日の夜、雨なんて降ってませんよねえ?」

階段が一面、水で濡れている。

早朝とはいえ夏の陽射しで徐々に乾きつつあるが、それでもゴムの滑り止めや段の奥に水が溜まっている。敷かれたシートが古びてうねっているせいだ。

「ゴミ置き場、この階段の下でしょ。近道だから階段降りて行ってるんだけど、それで気づいて」

「ここだけなんですよ、水が撒《ま》かれてるの。上の階と下の階を見てみたけど乾いてるの」

「じゃあ管理会社の清掃、じゃないですね……？」

「みたい。うち、そこなんだけど」

芳賀が泉に階段近くの部屋を手で示した。

「このところ何回かこんなふうに水が撒かれてるのを朝見かけて。何なんですかね、夜中に誰かが水を撒いてるのかな、って」


「まあ、普通に考えたら打ち水？」

仁藤が手にした紙コップを小さく揺すり、梅の爽やかな香りが立つ。

昼休み、休憩室で持参の昼食を摂ったあと、混み合っているので早々に課に戻った。郊外にある栄光化成の辺りは一歩外に出ると太陽を遮るものが何もない。皆、社内で昼食を済ませようとするからだ。

ミーティングテーブルでデザート代わりに梅シロップのソーダ割りを配りながら、仁藤と栗尾に今朝の異変を話したところだ。「打ち水」と仁藤が繰り返し、また紙コップを揺する。

「ほら、暑くなってきたし、打ち水で爽やかな朝を、って。ああ、爽やか」

「ニトちゃんさあ、打ち水なら自分ちのベランダに撒くよ。水道代が勿体ないじゃん」

「そこはエコ、地球のことを考えて――」

「なんかうちのマンション、結構迷惑なことが多くて」

二人の軽いやり取りがなぜか癇《かん》に障って、つい割り込んでしまった。仁藤が少し驚いたような表情を泉に向け、そして改めて聞いてくれた。

「迷惑って?」

「ゴミ置き場を散らかしたり、粗大ゴミを処理券貼らずに置きっぱなしにしたり。マンションの入口に全世帯の郵便受けがあるんですけど、そこのチラシ専用のゴミ箱が溢れてたり倒れてたり、あと食べかすを入れられてたり。エレベーターの中でタバコを吸うような非常識な人もたまにいて」

「えー、何それ? 管理会社何やってんの。そこは旺介さんにがつんと言ってもらわないと。うちの旦那だったらマジギレしてるって」

「旺介さんは何て言ってるの?」

何も言われたことはない。まだ仲睦《むつ》まじかったころ、チラシ専用ゴミ箱が倒れているのを見て眉をひそめながら直していたことはある。「今朝のことなんで」と答えて続けた。

「うち、分譲マンションでオーナーさんがみんな別々なんです。賃貸組は管理組合の会合に出なくていいって言われてるし、どこにどう言ったらいいのか」

引っ越したときに旺介と上下左右の家に挨拶に行ったが、それだけだ。近所付き合いはまったくない。

「なんかもう、自分が住んでるところでそういうの、本当、気持ち悪いですよね。管理会社、何やってるんだろう。さっさと調べて追い出してくれればいいのに」

梅ソーダを飲み干し、お代わりを作ろうと課の冷蔵庫からボトルを出していると、おお、と仁藤が声を発した。

「珍しいね、イッちゃんがそんなにイラつくなんて」

「ほんと、そんなに怒ってるのは初めてみたかも」

泉の「そこまでじゃ」という言葉を仁藤が「それ」と遮ってボトルを指差す。

「イッちゃん、普段は甘い物をそんなに食べたり飲んだりしないのに、甘い飲みものをお代わりとか。イライラしたときって甘い物が無性に欲しくならない？」

「まあ、確かに嫌ですけど……」

ちょっと恥ずかしくなって梅シロップの量を減らしたとき、梅ソーダを飲みながら静かに話を聞いていたデザインチームのチーム長・船江《ふなえ》が口を開いた。

「イッさんち、オートロックは？」

「ないです」

「で、大きめのマンション。あーそれ、うちの近所にあるマンションと同じパターンかも」

船江が紙コップを置き、デスクのパソコンでニュースサイトを開いた。

「ニュースにもなったんだけどさ、中学生が夜中に入り込むようになって。落書きするわ非常階段で花火をやるわロビーや外廊下にゴミを散らかすわ、なんかまーいろいろやって。住民も対抗して水を撒いたり写真を撮ったり、しまいには警察が来て大騒ぎになって」

「じゃあうちも、外部の誰かが夜中に入り込んで――」

泉は水が撒かれた外階段を思い浮かべた。

あの階段からは泉たちの部屋が見える。気が強そうな女の顔が脳裏に浮かんだ。

二十二時を過ぎ、街の灯りが徐々に少なくなっていく。ファミリー向けのこのマンションも同じらしい。三十分前から比べると灯りがだいぶ少なくなったと、非常階段からコの字の建物を見渡した。

帰宅して一人で夕食と家事を済ませたあと、どうしても気になって外階段に向かった。足音を立てないように気をつけながら三階から五階までを上り下りしたあと、三階から少し上がったところで様子を見ている。

夜になっても蒸し暑い。階段に敷かれたシートが熱を溜め込んでいるからなおさらだ。それでも外階段から去りがたい。

気が強そうな顔が脳裏を過《よ》ぎる。

水を撒くことに何の意味があるのか分からない。しかし、泉を脅かそうとする何かがある気がしてたまらないのだ。

あと一つ、どこかの灯りが消えたら帰ろう。心の中でそう決めたとき、階上で何かが小さくきしむ音がした。

足音を立てないように気をつけながら、ゆっくりと階段を上がる。階上でも小さな物音が続いている。泉がようやく三段ほど上がったとき、頭上から水飛沫《しぶき》が降ってきた。驚いて声を上げると、その声に反応したかのように何かが落ちる音が響き、階上の柵越しにさらに水が溢れた。

泉は滑らないように手すりをつかみながら、一気に駆け上がった。

上がってすぐの廊下にバケツが転がり、水が飛び散っている。

廊下の突端、階段とほぼ向き合う位置にある部屋の玄関ドアが開いている。その前に立っているのは予想していた姿ではない。水が流れるように強張っていた全身から力が抜けた。

睨むように泉を見ているのは、七十代前半の痩せた老女だ。白髪頭を男のように刈り込み、着古した半袖ワンピースを身につけている。時折マンションの共用部分で見かけるが、会釈をする程度で名前は知らない。

老女が泉から視線を逸らし、のそりとバケツを拾い上げる。部屋に入ろうとするのでたまらず声をかけた。

「何なんですか？　打ち水？」

老女が足を止め、泉に顔を向けた。

「階段は共用スペースですよ。水を撒いたりしたら危ないじゃないですか」

老女は黙ったまま、泉の顔を見つめている。睨まれているようでいら立ちが込み上げる。

「階段を上り下りする人だっているのに。滑って落ちたりしたらどうするんですか？　近所迷惑ですよ」

隣の部屋のドアが開いた。「どうしたんですか？」と顔を出したのは、今朝、泉を呼んだ芳賀だ。

引っ込もうとする老女のドアを、泉はすかさず手で押さえた。

「この人が、階段に水を撒いて」

「え、千代田《ちよだ》さんが？」

老女の名前は千代田というらしい。玄関を見ると消えかかったペン文字で、表札に「千代田」と書かれているのが見えた。

「おばあちゃん、どうしてそんなこと？」

千代田は口を閉ざしたまま、泉の腹の辺りに視線を落とす。そのことがさらに癇に障った。

「もうやめてください、こんなこと。夏場だし、ニュースでもやってましたよ。水溜まりは蚊が寄って不衛生になるって」

芳賀が取りなすように「おばあちゃん」と呼びかけたが、千代田は無言のままだ。

「聞いてます？　お隣の方だって、何日も不気味な思いをされていたんですよ。このマンションは、みんなが生活してる場所なんです。みんなが大切に守ってる家なんです。ルールはちゃんと守ってください。脅かすような真似はやめて――」

「イズ」

ぴしりと遮られて言葉を呑み込んだ。

芳賀が目を丸くして泉を見ている。

そして、その後ろに会社帰りの旺介が立っていた。

老女が泉を押し出し、ドアをぴしゃりと閉ざす。よろめいて体の向きを変えた拍子に、芳賀家の反対隣からも住人が様子を窺っているのが見えた。旺介も気づいて丁重に頭を下げる。

「夜分にお騒がせして失礼しました」

「申し訳ありません」

茫然《ぼうぜん》自失のまま、旺介に釣られるように頭を下げて詫びると、旺介が泉に歩み寄り、抱えるようにして促した。

「来て」

旺介の腕に押されて歩き出す。水が掛かった部屋着の冷たさにようやく気づいた。


そのまま押し込むように部屋に入れられた。

廊下に上がった泉が振り返ると、後ろ手で玄関ドアを閉めた旺介が真顔で泉を見ている。咎められているようで言葉が口をついて出た。

「見たでしょ？　廊下の水。あのおばあちゃん、階段に水を撒いてるんだよ。打ち水だか何だか知らないけどおかしいよ。迷惑じゃない。階段を降りる人が危ないし、近所の人たちも不気味がって――」

「仁藤さんから聞いた」

「仁藤さんが？」

「打ち合わせで一緒になって、そのあと。イズがすごく怒ってたって。不安なんじゃないかって心配してくれて」

こんなにまっすぐ旺介に見つめられるのは久しぶりだ。名前を呼ばれるのも。

旺介に背を向け、素っ気なく尋ねる。

「ご飯は？」

「まだ。何か、ある？」

「冷蔵庫を見てみる」

言い捨てて洗面所に入り、手を洗いながら独りごちた。

「何なの？」

前に泉が倒れたときもそうだ。旺介は泉のことが心配になると態度を軟化させる。

キッチンに入り、冷蔵庫を勢いよく開けた。週の半ば、そして旺介が食べるかどうか分からないから、在庫は控えめだ。

すぐに食べられるものは、二時間ほど前に泉が食べた雑穀ご飯――供はタラコふりかけ――と、豆腐やあおさ、野菜を入れた具だくさんの味噌汁だけだ。旺介の大好物であるドリアが頭に浮かんだが追い払った。少しくらい仕返しをしてやりたい。

迷った末に、冷凍庫から豚ひき肉を出した。旺介が浴室に入っていく音を聞きながらレンジで解凍した。

タマネギをみじん切りにし、ニンジン、ピーマン、シイタケはさらに細かく、粉状の一歩手前までみじんに切る。存在感があると旺介が嫌がるからだ。それに、こうやって騙《だま》して食べさせるのは胸がすく。

野菜、そしてひき肉を炒め、醬油、みりんなどで甘辛く味付けすればそぼろの完成だ。レンジで温泉卵を作り、ついでに冷凍枝豆も解凍する。味噌汁は作ってあるものを出そうと思ったが止めた。代わりに旺介が好きなローマ風卵スープ、ストラッチャテッラを作り、乾燥パセリを振ったところで、旺介がシャワーを終えてダイニングスペースに入ってきた。

「急だから、こんなものしかないけど」

丼に雑穀米を盛り、そぼろをたっぷり全面に載せた。その上に温泉卵をそっと置き、彩りにさやから出した枝豆を飾った。

テーブルにラフィアで編まれたランチョンマットを置き、カウンターに置いておいた丼とスープカップ、そして箸と箸置きをセットして完成だ。

「ありがとう」

旺介がテーブルにつき、「いただきます」と手を合わせて箸を取る。腹が減っていたのだろう。キッチンに入って片付けをしながら見ると、そぼろ丼を口に運ぶ旺介の手は早めのテンポで動き続ける。

たっぷりと醬油だれを炒《い》りつけたそぼろがランチョンマットにぼとりと落ち、旺介がそれをつまんで口に入れ、泉にちらりと視線を向けた。

見られていると食べづらい、と言っていたのを思い出して視線をそらした。グラスを二つ出し、冷蔵庫から緑茶のペットボトルを出していると、「イズ」と呼びかけられた。

旺介の視線は丼に向いている。箸で温泉卵を割り、そぼろと混ぜながら続ける。

「そんなに酷いの？　このマンションの管理」

「気にならなかった方が不思議。非常識なことをする人が多いから、あのおばあちゃんも平気で水を撒いたりするんだよ」

「入口とかゴミ捨て場は？」

「入口のチラシ入れとか、張り紙がしてあっても倒されたり――」

食事中なので食べカスやゴミ置き場の描写はしたくない。あとで話そう、と言おうとしたが、旺介に先を越された。

「俺が管理会社に話をするよ」

「え？」

「迷惑してることとか、もっと管理をちゃんとしてほしいとか。ほら、定期的に巡回してもらうとか」

「でも、オーナーさんを通さないとじゃない？」

「それでちゃんと要望が届くか怪しいし。直接言った方がいいと思う。なんなら賃貸組が団結したっていいわけだし。明日電話してみるから」

また旺介の箸からそぼろがマットに落ちる。話に熱が入っているせいだ。緩む口元を隠そうと旺介に背を向けた。

旺介はこのマンションから離れるつもりはない。このまま泉との暮らしを続けていくのだ。

「いいの？　忙しいのに」

「気持ちよく暮らしたいじゃない。それに、みんな困ってるんだし」

やっぱり旺介は優しい。食後、テーブルでマットに点々とついた染みを抜こうとティッシュで叩きながら旺介を見た。キッチンで食器を洗ってくれている。

一年前のわだかまりも、旺介のその優しさで救われたのだ。

あのときは旺介との仲が先行き不透明となっただけではなかった。周りからはいつ結婚するのかと言われ、やっかむ女性社員たちからはあざといと陰口を叩かれ、ランチ仲間の女性社員たちからは隠していたことをちくりちくりとつつかれ続けた。

その上旺介との仲が終わるかもしれないと思うと、食事が喉を通らなくなった。夜も眠れない日々が続き、とうとう泉は倒れた。

病院で夏風邪と診断され、会社を休んで一人暮らしの部屋で寝込んだのが金曜日。週末を挟んだが床から離れられず、月曜日も休んだところ、夜に旺介からのメッセージが携帯電話に届いた。

――大丈夫？


翌日、旺介はさっそく管理会社に連絡を取ってくれた。しかし管理を強化してもらうのは、思った以上に面倒なことらしい。

「マンションの管理会社と、建物の共用部分を直接管理している会社は別なんですって」

一週間後、会社のサンプル作製室で一緒になった仁藤に話した。

――仁藤さんから聞いた。

旺介からそう聞いて、仁藤に翌日会社で礼を言った。そして今、その後の進展を聞かれたところだ。

「管理会社は共用部を清掃管理している会社に伝えます、って。それでも変化がないから、清掃管理の会社に問い合わせようとしたけど、受付窓口がなくて。で、二人で相談して、賃貸組の住人さん何組かに声をかけて、それぞれの部屋のオーナーさんから管理組合に言ってもらおうって。うちも、旺介さんがオーナーさんに連絡を取って。でもメールの返事がなかなか来ないから電話してみたりとか」

「うわ、大変だ。旺介さん、今、クリスマスの案件でめちゃくちゃ忙しいのに、それやってくれたんだ？」

仁藤が目を丸くし、ついで肘で泉を小突く。

「イッちゃん、愛されてるねえ」

「あっちも自分の住まいのことですから」

惚気《のろけ》に聞こえてしまったかとあわて、短く答えた。照れたと思われたのか、仁藤が小さく笑った。

「イッちゃんさあ、幸せな話もしていいんだよ？　私に変な気を遣わずに」

「いやいや、本当に、それだけのことで。それより、仁藤さんのトナカイさんはどんな感じですか？」

進行中の企画へと話を逸らすと、仁藤が苦笑いのまま肩をすくめた。手こずっているのかと追って尋ねようとしたとき、廊下の先にジャンパー姿のシルエットが現れた。

近づいてきたのはソノだ。手に書類袋を持っている。営業本部内の総務課か経理課で何か手続きでもするのだろう。

「お疲れさまです」

先手を打って微笑み掛けた。

——お前の席はない。

旺介は仕事の合間に管理会社や清掃管理会社、オーナーと電話やメールでやり取りしていると聞いた。聞いた。近所とのやり取りもあるから、二日に一度は早めに帰宅し、遅くなっても家で夕食を摂る。その気になれば早めに帰宅できるのだ。

ほろ苦い思いを噛み殺し、久しぶりの夕食作りに腕を振るっている。副菜と汁物は以前と変わらずさっぱりヘルシーな品を出すが、主菜は唐揚げやハンバーグ、酢豚や肉団子の甘辛ダレなど、旺介が好きな肉メニューを出している。やっと取り戻した幸せがずっと続くように。

旺介はまだ多少素っ気ないが、泉と会話してくれるようになった。管理会社との交渉を語るときは、夢中になるあまり笑顔がこぼれることもある。

迎えた土曜日も、旺介はブランチを終えると、要望を聞いてくれた管理会社に挨拶に行くと出かけていった。

「お義父さん、今夜は何がいいですかね?」

久しぶりに形見のスプーンに声をかけ、食事日記を開いた。旺介が歩み寄ってくれてから初めての週末だ。早めの夕食だから、思う存分旺介の好みに寄せられる。

猛暑の中、日傘を差してスーパーに向かった。いつもの駅前スーパーではなく、マンションから少し距離がある大型スーパーにしたのは、より食材が充実しているからだ。エコバッグと保冷バッグ一杯に買い込み、汗だくでマンションに戻った。

管理会社がマメに巡回をすると言ったとおり、エントランスに散乱していたチラシはなくなり、ゴミ箱もきちんと置かれている。旺介が好きな缶チューハイを買ってきたから夜、二人で乾杯しよう。意気揚々とエレベーターホールに入ったところで足が止まった。

エレベーターを待っていたのは千代田だ。

ゆっくりと振り返った千代田が、眉をひそめるように泉を見る。小さく会釈すると、首を前に揺らした。会釈を返してくれたのだろう。

あれから水が撒かれたという話は聞かない。今となっては、あんなに怒ってしまったことが気がかりだ。

エレベーターで上昇しながら、斜め前に立つ千代田を見た。

下げているのはコンビニエンスストアの小さな袋だ。冷やし中華らしきパックが一つ入っている。遅い昼食なのだろう。

——千代田さんは分譲組の一人暮らし。

ご主人が亡くなったとかじゃないのかな。

帰宅し、キッチンで買ってきた食材の下処理や保存をしながらも、廊下をのろのろと遠ざかっていった千代田の痩せた後ろ姿が頭から離れない。

水を撒いたのも悪気はなく、仁藤が言ったとおり打ち水のつもりだったのかもしれない。ちくりと胸が痛んだとき、カウンターに置いた携帯電話が着信音を鳴らした。

手を拭いて携帯電話を取ると、旺介からのメッセージだ。

——今、何してる?

午後二時過ぎ、ランチタイムが終わったのに、駅に近いファミリーレストランはほぼ満席だ。

家族連れや若いグループが思い思いにくつろいでいる。

日傘を畳み、店内を見渡すと、角にあるソファー席に旺介がいた。久しぶりのデートならカフェに行きたかったと思いながら近づくと、旺介が携帯電話から顔を上げた。テーブルにあるのはアイスコーヒーだけだ。

「旺ちゃん、ランチ食べたの？」

「いや、飲みものだけ」

旺介の向かいに座ると、ウエイトレスがやってきた。紙ナプキンと一緒に置いてあった小さなドリンクメニューを手に取り、どれを注文しようかと目を走らせていると、旺介の声が聞こえた。

「ドリンクバー、もう一つ」

「やだ、そんなに長居しないでしょ？」

旺介は何も言わない。ウエイトレスが「かしこまりました」と去っていく。嫌な予感がした。

旺介に促されるまま、ドリンクバーでアイスハーブティーを注いで席に戻った。泉が口をつけたのを見届けた旺介が、傍らに置いていた紙袋から一枚の紙を出し、泉の前に滑らせた。

「これ、見つけて」

不動産会社に置かれている間取り図だ。泉が結婚前に住んでいた小さな部屋とほぼ同じ間取りが描かれている。

「何、これ？」

旺介が座り直し、泉をまっすぐに見た。

「俺、この部屋を借りようと思う」

「ちょっと待って、意味分かんない」

「別居したい」

どん、と全身が何かに叩きつけられたような感覚に襲われた。

旺介の視線が泉の喉元辺りに落ちる。必死で発した声がかすれた。

「旺ちゃん、私と別々に暮らしたいの？」

「このまま一緒にいたら、お互いよくないと思う」

「どうして？　だって、一緒に暮らしていくために──」

マンションの住み心地を良くしようと奔走してくれたのではないか。泉が問いかけようとした言葉を旺介が遮った。

「父さんが死んでから、俺も余裕なくて、家を空けてばかりで、イズをずっと一人にしてて申し訳なかったと思う。ちゃんと話し合わなきゃいけなかったのに、ほんと、余裕がなくて。でも、イズがストレスたまってイライラしてるのを見て、このままじゃダメだって痛感したんだ」

「何、それ……」

あの尽力は、泉を落ちつかせるため、別居を切り出すためだったのか。

言葉を失っている泉に構わず、旺介が続ける。

「しばらく、距離を置きたい。冷静に、二人の関係を見つめ直したい」

よどみなく語りかけてくる。きっと前もって練ったセリフなのだ。

「イズは、今の家に住み続けたい？」

「ちょっと待って、私、別居なんて――」

「この先、何ヵ月かは俺が家賃を二重に払うことも覚悟してる。イズの気持ちが落ちつくまでは、今の家にいていいから」

「待って」

「この物件、さっき見つけて、不動産会社に押さえてもらってるんだ。家賃も手頃だし、だから今日のうちに――」

「待って」

声が上ずり、あわてて口をつぐんだ。

周りを見渡したが、賑やかなおかげでこちらに向けられた視線はない。落ちつこうと息をついた。この辺りには栄光化成の社員が多く住んでいる。いつ来合わせないとも限らない。

「頼むよ。冷静に話をしたい」

旺介が視線を上げ、泉の目を見つめる。話し合いの場所に家ではなくファミレスを選んだ理由が分かった。

ふいにさっき見た千代田の孤独な後ろ姿が脳裏に浮かんだ。

頭に上った血が、恐怖と不安で少しだけ引いた。なんとか声を落ちつかせて続ける。

「別居したいのは、ソノさんのせい？」

「ソノさん？」

「勉強会の。付き合ってるの？」

「ないよ。彼女は関係ない」

「私の料理を食べなかったときも、ソノさんが作ったカップラーメンは食べてたよね」

「――――」

旺介が黙り込んだ。

図星だったのではと寒気が走る。手首を握り締めて必死で耐えていると、ようやく旺介が顔を上げた。

「単に腹が減っただけだよ。彼女が買い出しに行って、ついでに作ってくれただけ」

「私は、全然、旺ちゃんにご飯を食べてもらえなくて」

「料理って、そんなに大事？」

「だって私たちは――」

「家族だけど、でも俺は、腹が減ったらそこら辺のものを食べちゃうし、手料理ばかりじゃなくて外食だってしたいんだ。食生活への意識が高いわけでもないし、テレビを見ながらのんびり食べたい日だってある。イズが嫌がるような濃い料理が大好きだし、お洒落なものや健康にいいものを追い求める情熱もない。どんなときも必ず料理を喜んだり褒めたりするようなマメさもない」

「だからって、いきなりこんな……。家族なんだから、そういうことは話し合って――」

「イズの料理は重いんだよ。いろんなものが乗っかってて」

いら立った口調でぶつけられて頭が真っ白になった。

今度は旺介が、落ちつこうとするように深く息をついた。

「イズが頑張ってくれたのは、よく分かってる。でも、俺は、もう、ついていけない」

小さくなった声が「ごめん」と付け加えた。旺介は間取り図を睨むようにうつむいている。泉の言葉を待っている。

「私こそ、ごめんなさい。旺ちゃんの気持ち、分かってあげられなくて」

旺介が泉と視線を合わせた。

「じゃあ――」

「私は、頑張りたい。そんなに簡単に諦められない。夫婦なんだから。確かに、よかれと思って押しつけたことが、いっぱいあったと思う。旺ちゃんをもっと思いやるべきだった。旺ちゃん、お義父さんのことがあって大変だったのに。辛かったよね？」

「イズは全部正しいと思ってのことなんだから、俺なんかに合わせるのは辛いだけだよ」

「大変なことかもしれないけど、夫婦の食卓って、そうやって作っていくものでしょう？」

無理矢理笑顔を作って続けた。

「平日は、食べるか食べないか連絡を入れてくれればいい。週末、二人でゆっくり食事ができるだけで嬉しいし。疲れてるときはそう言ってくれれば、無理強いはしない」

「――」

「ね？　頑張って、二人で乗り越えよう？」

間取り図の上に置かれた旺介の手に、手を重ねた。

旺介は目を伏せて黙ったままだ。念押しするように手を握る。

「鈴木さん？」

女の声に呼びかけられ、旺介と揃って顔を向けた。

化粧ポーチを手に通路から声をかけたのは、マンションの住人、芳賀家の妻だ。重なった手を見て続ける。

「うわあ、仲良し」

気づいた旺介が素早く手を引き抜く。下にある間取り図を、泉は手を広げるようにして隠した。芳賀はかまわず、少し離れた席へと歩み寄って呼びかける。

「ちょっと、パパ、鈴木さん！」

Tシャツにハーフパンツの男が、「ああ！」と席を立つ。隣にいた幼稚園児くらいの子どもは、きょとんとこちらを見ている。ベビーチェアには乳児が座っている。

「どうも、芳賀です。管理会社の件、ほんと、ありがとうございます」

頬がほんのり赤い。席にはビールのジョッキが置いてあるのが見える。芳賀が「そうだ」と続ける。

「昨日の昼、管理会社の人が何人かゴミ置き場に来てたんですよ。監視カメラを付けることになりそうだって」

「本当ですか？」

目を丸くする旺介に、芳賀の夫が頭を下げる。

「ありがとうございます。前から彼女があれこれ文句を言ってたんですけど、俺も忙しくてなかなか」

「千代田さんにも、鈴木さんの奥さんがびしっと言ってくれたから、水も撒かれなくなったし」

席に戻ろうとした芳賀の夫が足を止める。

「どうです？　ちょっと、一杯」

「もう、パパ、鈴木さんたちは休日デート中」

芳賀が笑う。旺介が困ったように目を泳がせるのが目の端に映った。

「旺ちゃん、お邪魔しない？　ご近所さんと話すいい機会じゃない」

「え……」

「あの二人、同い年くらいだし、友だちになれたら楽しいよ。ね、行こう」

旺介の返事を待たずに、「お邪魔します」と芳賀たちに声をかけ、伝票を取って立ち上がった。

思った通りだ。旺介は間取り図を入れた不動産会社の袋を小さく折ってバッグに押し込め、泉を追って立ち上がった。


泉の期待通り、陽気な芳賀夫妻のおかげで別居話はうやむやになった。

帰宅して夕食を整えると、旺介はドリアを平らげ、リビングのテレビでオンエアされた映画を見て、夜が更けると泉と同じベッドで寝た。相変わらず性交渉はないが、マンション騒動の前と比べればかなりマシだ。

しかし、翌朝十時過ぎ、泉が日曜恒例のブランチを支度していると、旺介がTシャツとコットンパンツに着替えて現れた。

「旺ちゃん、出かけるの？」

「うん。欲しい資料があるから、探してくる」

穏やかで優しい口調だ。わずかな望みをかけた。

「私も、買い物とかあるんだけど……」

「そうなんだ。ゆっくりしてきて。夕飯に間に合うようだったら連絡するから」

ダイニングに入った旺介は、泉がカウンターの上に用意したランチョンマットとカトラリー、グラスをテーブルに並べていく。

泉は調理台に置いたところの野菜を見た。

旺介が好きなスパゲッティ・ナポリタンを作るつもりで、タマネギとピーマンをごくごく細く切ろうと思っていた。輪切りにしたソーセージやベーコンと炒め合わせたらとろけてしまうくらいに。

計画を変え、タマネギとピーマン、ソーセージ、そしてベーコンをみじん切りにした。炒めてケチャップとトマトピューレを加えると、ミートソース風に仕上がった。

茹でたパスタを二つの皿に盛り、片方のパスタにミートソースもどきを掛けた。次に、冷蔵庫から小ビンに入れたオイルを出した。

ティースプーンでたっぷりすくい、湯気を上げる残りのソースに加えた。さっと熱を通し、もう片方のパスタに全量を掛けた。

「できたよ」

声をかけると旺介が入ってきた。

泉がテーブルにパスタの皿と粉チーズの容器を並べると、旺介が鼻をひくつかせ、ついで訝《いぶか》しげな表情になった。

「ニンニク？」

旺介のパスタソースには、オリーブオイルに漬けておいたみじん切りのニンニクを入れたのだ。

「あ、ごめん。出かけるって聞いてなかったから、もう作っちゃってて。ニンニクは食べられない？」

「――――」

「作り直そうか？」

「いや、大丈夫」

旺介がテーブルにつき、「いただきます」と手を合わせてフォークを取った。

じっと見られるのを嫌がるだろうと、ちらちらと見るだけに止《とど》める。パスタにソースをからめ、くるくると巻き取って口に運ぶ。

ぼたりとトマトソースがランチョンマットに落ち、旺介が紙ナプキンで拭く。仲睦まじかったころから唯一変わらないそれが、今の泉の唯一の救いだ。

「いってらっしゃい」

「いってきます」

玄関で泉の見送りを受ける旺介の息は、マウスウォッシュと混じって刺激臭がする。泉はニンニクを食べていないからはっきり分かる。

営業という仕事柄、旺介はマウスケアに気を遣う。この様子では、誰かと会う予定はないようだ。少なくとも、浮気相手とは。そもそも旺介も否定しているし、本当にソノはただの勉強会仲間なのかもしれない。

だけど原因がソノでないなら、旺介はなぜ別居したいなどと言い出したのか。翻心させるにはどうしたらいいのだろう。

何かせずにはいられない。運よく当日予約が取れた新都心のヘアサロンに行くと、サービスのマッサージに取りかかった美容師が目を丸くした。

「うわ、がちがちに凝ってますよ。何かあったんですか?」

別居を切り出されてから一晩、薄氷を踏む思いで過ごしたからだ。いつまた蒸し返されないかと怯え、旺介に切り出す隙を与えまいと明るく朗らかに振る舞い続けた。

カップルで賑わう駅ビルで一人買い物をしてから地元の駅に戻り、駅前のアイスクリームショップで一息つきながら、ウインドウに映った自分を見た。いつもなら、スタイリングしてもらった髪を見て気分が上がるのに、今日は旺介の言葉が頭から離れない。

――俺は、もう、ついていけない。

味がしないアイスクリームを食べ終え、マンションに向かって夕暮れの商店街を歩き出すと、マンション方面に向かう人がいつもよりやけに多い。

住宅街に入ってマンションに近づくにつれ、人が増えていく。家から家族連れが出てきては人の流れに加わるからだ。

「花火だよ」

「花火、もうすぐだねえ」

周りの会話で、今日、近くの河川敷で花火大会が行われることを思い出した。

旺介と二人で行こうと楽しみにして、浴衣も用意していた。市役所で引っ越し手続きをしたときにもらった行事カレンダーを見て、旺介も楽しみにしていたのだ。

――歩いて行けるのがいいよね。

　屋台も出るってあるし、たこ焼きとか食べよう。

――旺ちゃん、それって花より団子。

笑い合ったあのときから、まだ一年も経っていないのだ。

「何で？」

ざわめきにまぎれてつぶやいたら涙が出そうになった。あわててまばたきをしたとき、「泉さーん」と呼びかける声がした。

「い、ず、み、さーん！」

芳賀の妻が駆け寄ってくる。確か、圭花《けいか》と昨日名乗っていた。とっさに笑顔を作り、「こんにちは」と挨拶した。

「あれ、旦那さんは？」

「出かけちゃって。……仕事、の用で」

「そうなんだ、ね、じゃあさ、一緒に花火を見に行きません？」

少し離れたところで、次男の玲斗《れいと》を抱いた芳賀が会釈する。長男の頼斗《らいと》と子どもが何人か、そして大人たちがいる。

「うちのマンションの人とか、ママ友とか、もうごっちゃごちゃだから遠慮しないで」

「でも、私、何の準備も――」

「うちらも途中の店で何か買うから大丈夫。ねえ？」

たった一度、ファミレスで一緒になっただけだ。あれだって旺介の別居話をうやむやにするために誘いに乗っただけのこと。気を遣いながら過ごすくらいなら、一人でテレビでも見ていた方がましだ。

断ろうとしたとき、「鈴木さーん」と今度は別の女が近づいてきた。水撒き騒動のときに芳賀と一緒にいた元島だ。

「一緒に行きましょうよー、私も今日は旦那がいなくて一人だし」

「聖子《せいこ》さんは酔っ払うとめっちゃ面白いよー？」

圭花が元島をつつき、元島が「やだあ」と笑う。

「ママ」

「花火、始まっちゃうぞー」

圭花の息子と夫が畳みかけ、乳児はぐずる。頭が痛い、明日は朝が早い、姑が来る。頭の中に言い訳を並べたとき、不意に旺介の顔が脳裏に浮かんだ。


「お帰りなさーい」

玄関で靴を脱いでいた旺介が、ぎょっと手を止めた。

「びっくりしてるー」

迎えに出た圭花が泉に振り返って笑い、旺介に向けて「お邪魔してまーす」と付け加えた。子どもと風呂に入ったあとだからと、素顔にメガネ、部屋着姿だ。

「梅シロップを分けてあげてたの」

問いかけるような視線を向けた旺介に説明する。

――料理教室、やってみたら？

――イズにはイズの世界があった方がいいって。

春先に、旺介に強く勧められたことを思い出して参加した花火大会だったが、思いがけなく楽しい時間だった。

なかでも圭花とは妙にウマが合い、花火大会のあと誘ってくれた礼に菓子を持っていったら、そのまま玄関先で話し込んでしまった。そして数日でこうして家に招くまでになった。

「じゃあ、お邪魔しましたー」

夕食の準備があるから、と泉が切り出す前に、圭花は軽やかに帰っていく。干渉タイプやマウンティングタイプではなかったことも幸いだった。

――そりゃあ、ママ友付き合いで鍛えられてるから。

圭花は二歳年下。二十歳で頼斗を授かって結婚、去年玲斗を産んだという。

愛想良く圭花を見送った旺介が訝しげな顔になる。

「大丈夫なの、芳賀さんち、子どもいるのに」

「寝かせたって。旦那さんも見ててくれるからって。泣いてもすぐに帰れるし」

「へえ……」

家の中に自分たち以外の笑顔の誰かがいるのは大きい。キッチンに戻って圭花に出した梅ソーダのグラスを片付けながら噛みしめた。圭花に向けた笑顔が残っているかのように、この数日来で初めて旺介がまともな会話をしてくれたからだ。

泉も自然に笑って話せる。この街で初めての友だち。そして初めて得た既婚の友だち、圭花のおかげだ。

――晩ご飯、飲み会なら要らないって早めに連絡しろっつーの。

――おいしいかまずいか言ってくれないと張り合いがないよね。

仁藤や栗尾たち会社の同僚とは違い、遠慮なく話せるのが楽しくてたまらない。衣をつけた鶏肉を揚げ焼きしながら、シャワーを浴びてキッチンに入ってきた旺介に話した。

「圭花ちゃんから聞いたんだけど、ここから歩いて二十分くらいのところに農協があって、野菜や果物がすごく安いんだって。今度一緒に行く約束をしたの。他にも穴場がいろいろあるみたい。たくさん教わってくるね」

「芳賀さん、地元の人なんだ」

「そう。ほら、駅前に工務店があるでしょ？　あそこが旦那さんの実家なんだって」

「ああ、あの大きい看板がある」

冷蔵庫から缶チューハイと泉が冷やしておいたグラスを取り、テーブルに向かった旺介が怪訝そうな表情になった。

「これ、替えたの？」

旺介が泉に示したのは、テーブルにセットしておいたランチョンマットだ。今までのラフィア製のものと色も形も似たビニール編みのものに替えた。

「うん。手入れが簡単で前から欲しかったの」

まな板に載せた鶏肉をトングで押さえながらスライスし、皿に載せて甘酸っぱいソースを掛けた。暑いからか、もう缶チューハイを飲み始めた旺介に「できたよ」と声をかけて皿をカウンターに置いた。

旺介の向かいに座り、梅ソーダの残りを飲んだ。油淋鶏《ユーリンチー》とポテトサラダが半分ほど減ったところで切り出した。

「ね、今度の日曜、うちでランチ会したいんだけど」

鶏肉を咀嚼していた旺介が泉に視線を向ける。

「芳賀さんと元島さんの二家族を呼んで、うちで。せっかくご近所さんと知り合いになったんだし、仲良くなれば楽しいでしょう？　何かと助け合えるし」

旺介が多忙で家にいることが少ない、と圭花にこぼしたら提案してくれたのだ。

――じゃあ、イベントをやろうよ。

　泉さんと旦那さんも何か共同作業があったら盛り上がれるでしょ？

圭花の言うとおりだ。毎日の食事が色褪《あ》せてしまい、夜もただ並んで寝るだけとなった今、共にするものは何もない。

祈るような思いで「どう？」と旺介に畳みかけた。

「……いいんじゃない」

「ありがとう。旺ちゃん、何が食べたい？」

「それは来てくれる芳賀さんたちに聞いた方がいいよ」

「そうだね」

沸き立つ思いで席を立った。旺介は渋る、もしくは自分だけ出かけると言い出すかと恐れていたからだ。

旺介は食べながら、偽ラフィアのランチョンマットを指でなぞっている。

天然ではありえない光沢、機械的な型押しの凹凸。偽ラフィアなど安っぽくて嫌だった。しかし、旺介が食べものをこぼしても気にしないで済むように、思い切って取り替えたのだ。泉だって染み抜きに煩わされなくて済む。この気配りを分かってくれたから、旺介はランチ会を承諾してくれたのかもしれない。

同じようなことが、一年前にもあった。

◇

仲違《なかたが》いのあと、泉の夏風邪がきっかけで旺介からの連絡が復活した。しかし、それはあくまで心配であり、以前のような親密さとはほど遠かった。

もう、元には戻れないのかもしれない。諦めかけたとき、旺介が携わる企画の手伝いをすることになった。テストキッチンで行う惣菜容器の盛りつけだ。

任されたのは焼き秋刀魚《さんま》と副菜二品のおかずセット。食卓にそのまま出せる仕様のものだ。泉は旺介に出すものだけ、こっそり秋刀魚に食べやすく切れ目を入れた。

上司や取引先も同席する中、慎重に秋刀魚に箸を入れた旺介の手が止まった。ついで、泉に顔を向けた。仲違いしてから初めて笑顔を向けてくれた。

「何気に緊張するんだよね、ああいうとき。恥かかなくて済んで助かったよ」

旺介はテストが終わってから泉に礼を告げた。そして続けた。

「今日、夜、空いてる?」

◇

買ってきたシーザーサラダのドレッシングボトルからフィルムを剝ぎ、フタをひねると中栓がくるりと取れる。食品容器の業界で名品の一つと言われているボトルだ。老いた親が中栓を取るのに苦労しているのを見かねたデザイナーが考えたと聞いている。

——困ったことがヒント。

いつか営業部の湯沢も言っていた。旺介との対立も二人の絆を強めるものになればいい。そう考えながら、ドレッシングを片口のボウルに移し替えた。ランチ会のためだ。

参加するのは大人六人、子ども二人。うち一人は乳児の玲斗だから、圭花が家から離乳食を持参して与えるという。

以前、栄光化成のメンバーが訪れたときよりもさらに多い。メニュー、必要な材料、手順を考えて書き出し、旺介に相談して段取りを決めた。

盛夏だから冷製のものばかりでも大丈夫なのがありがたい。旺介に掃除を任せ、泉は前日に作りおいたものを盛りつけ、客が揃ってから行う仕上げの準備に打ち込んだ。予定通り準備がほぼ終わった十二時、玄関のチャイムが鳴った。

ドアを開けると玲斗を抱いた圭花が「こんにちはー」と頼斗を中に入れ、ベビーチェアを抱えた芳賀があとに続く。

「近所呑みってホントいいよね、暑い外に出なくて済むもん」

「どうも、お邪魔します」

タイミング良く元島夫妻があとに続く。

初めて会う元島は聖子と同い年くらいだろう。聖子は地元で一人事務所を構える弁護士。元島はシステムエンジニアで、日本全国を出張で飛び回っていると聞いた。

元島が「家内がいつもお世話になっています」と丁寧に挨拶し、クーラーバッグを差し出した。開けると氷や缶ビール、缶チューハイ、ジュースなどが入っている。

「この季節だし、冷蔵庫が一杯なんじゃないかと思って」

「わあ、助かります」

受け取った旺介がリビングスペースに運んでいく。あとに続いた芳賀夫妻と元島夫妻が「うわ」「すごい」と目を見張った。

旺介に相談して安いローテーブルを買い足し、ソファーテーブルと繋げてビニールクロスを掛けた。枝豆やポテトサラダ、野菜スティック、シーザーサラダ、チキンの甘辛唐揚げなどを、すでに並べている。

「うーん、いい匂い」

聖子がキッチンに視線を向ける。メインのピザが焼ける香りがオーブンから漂い始めたのだ。

本当はもっと凝ったものを作りたかったのだが、圭花にさりげなく牽制された。

――本当に簡単なものでいいの。なんならお惣菜を買おうよ。

凝ったものだと気を遣っちゃうからさ。

料理と会場は鈴木家が用意し、芳賀家はお菓子、元島家はドリンク。それぞれレシートを出して割り勘にしようと決めてある。近所付き合いはそういうものなのだと、泉は初めて学んだ。

しかし、圭花が戸惑ったような表情になった。

「泉さん、これ全部、お惣菜を買ったの？」

「え？　ううん、私が作ったんだけど――」

誤解に気づいて笑ってしまった。旺介も同じようで、破顔して説明してくれる。

「この容器、会社で作ってるもので、いらなくなったサンプルを貰ってきたんです。片付けが負担にならないように」

オードブル用のプラスチック容器に入れてあるから、既製品と間違えられたのだ。取り分け用の紙皿と紙コップも同じだ。聖子が元島に説明する。

「鈴木さんち、夫婦で栄光化成にお勤めだから」

「ああ、じゃあすごいお世話になってる。僕、出張の夜は弁当ばかりで」

「俺もですよ、現場とか地鎮祭とかで。でも今日のこれは段違いにおいしそう」

「お二人ともお得意さんですか。ありがとうございます」

旺介がふざけて頭を下げ、場が一気に和んだ。

芳賀家と元島家、そして旺介が座り、飲みものを回し始める。コミュニティの一員になった実感が泉を包んだ。

こうやって夫婦は社会に認められて、地域に根ざしていくのだ。胸を弾ませながらキッチンから用意しておいた容器を運んだ。

「はい、頼斗くんだけの特別」

父親と母親に挟まれてちょこんと座った頼斗が容器を見る。イベント用に製作された飛行機型の容器に、作った惣菜をお子様ランチのように盛りつけてある。

ポテトは市販のものを真似て顔の形に切って揚げ、花型に抜いたニンジンのグラッセを飾り、枝豆や手羽先には百均ショップで買った可愛らしい動物のピックを刺し、アイスクリームコーンのように巻いたハムにポテトサラダを入れ、細く絞り出したトマトソースで顔を描いた。聖子が「可愛い」と目を輝かせ、圭花も「すごい」と嘆声を放った。

「頼斗、よかったね。泉さん、ありがとう」

「ありがとうございます。ほら、頼斗、いただきます」

芳賀が頼斗に、容器と同じ飛行機の柄がついたプラスチックフォークを差し出した。しかし、頼斗は手を出さない。

「頼斗、どうした？」

「お店みたいでびっくりしちゃったんだよ。頼斗、ほら、いただきますは？」

「頼斗くんのだよ。どうぞ」

泉がそっと背中に添えた手を押し返すように、頼斗がぐにゃりとのけぞった。

「いらない」

頼斗は口を固く引き結び、小さな体を強ばらせている。

どこが気に入らないのだろうと容器に目を走らせた。大人の中に子ども一人となる頼斗が喜んでくれるようにと、忙しい合間を縫って考えたのだ。

圭花が泉に「ごめんなさい」とささやき、頼斗の顔を覗き込んだ。

「こら、ありがとうでしょう」

「やだ」

頼斗がきっぱりと告げた。思わず頼斗に尋ねた。

「このご飯、嫌い？」

頼斗がうつむく。

「嫌いなもの、ある？」

「やだ！」

頼斗が涙目になってかぶりを振る。そのとき、泉の横から腕が伸びた。

膝立ちになった旺介が、頼斗の前から容器を取った。頼斗が旺介を見上げる。

「頼斗くん、俺のお皿と交換しよう」

旺介が片手で、自分の紙皿を頼斗の前に置く。

「でもせっかく……」

圭花たち大人の視線が泉に集まる。どう言っていいのか分からず曖昧な笑みを浮かべた泉に、旺介が声をかけた。

「イズ、枝豆の殻入れが要るよ、来て」

旺介が視線でキッチンスペースを示す。「食べててください」と圭花たちに言い残して立ち上がった。

キッチンに入ると、容器を調理台に置いた旺介がささやく。

「頼斗くん、自分だけ違うから嫌なんだよ」

「え？」

「友だちの子どもでもいたけどさ、大人と同じものを、大人と同じ皿で食べたいんだよ」

「泉さん、すっごくおいしい！」

気をつかったのか、圭花がテーブルから笑顔で呼びかける。頼斗がその隣で手羽先にかじりついているのも見えた。旺介が「ほら」と畳みかける。

「そういう子、いるよ、とくに男の子はさ」

そうだとしても、頼斗は食べづらそうだ。

「じゃあ、お皿は大人と一緒にして、中身を入れて持っていってあげるのはどう？　こっちの方が食べやすいし、洋服にだってこぼさないし」

「いいって」

旺介の語調が少し強くなった。

「わかんない？　頼斗くんの気持ち。食べやすいとかこぼさないとかじゃなくて。子ども扱いされるのが嫌なんだよ」

「……そっか」

落胆を隠し、笑顔を作った。旺介もつられたのか口元を緩めた。

「可愛いじゃない。男の意地ってもんがあるんだよ」

「しょうがないよね、難しい子は」

旺介がすっと真顔になり、泉を見つめた。聞こえなかったのかと繰り返した。

「難しい子はしょうがない、って言ったの」

旺介がふっと目を伏せた。そして、小さく笑った。

「何？」

「いや。何でもない」

旺介がテーブルに戻っていく。枝豆の殻入れにする器を用意してあとに続くと、圭花と芳賀が泉にささやきかけた。

「ごめんね、せっかく頼斗のために用意してくれたのに」

「手間かかったでしょう、あれ」

「いえ、いいんです」

旺介はと見ると、食べながら頼斗と話している。

「え、幼稚園でも給食があるの？」

「うん」

「へえ、何が出るの？」

「カレーとか、コロッケ」

「うわ、うまそうだなあ。お、頼斗くんニンジン食べられるんだ？　すごい」

頼斗が照れたのか、身をくねらせて初めて笑顔を見せた。旺介は優しい顔でそれを見ている。

聖子が泉に身を寄せてささやいた。

「鈴木さん、子ども好きなんだね」

「みたいですね」

――共同作業。

圭花が言っていたことを思い出した。子育ても共同作業だと思ったとき、休憩室に貼ってあった「イクメン支援」のポスターが頭に浮かんだ。

きっと旺介はいい父親になる。

「ね、私も、手伝わせて」

圭花が傍らのベビーチェアに座らせた玲斗に、離乳食をあげようとしている。圭花から受け取り、加減を教わりながら代わりに与える。

元島夫妻と芳賀はほろ酔いで賑やかに喋っている。旺介と頼斗は、頼斗が持参した玩具で遊び始めた。まるで大家族のようだ。

料理を食べ尽くし、コーヒーを入れて菓子を食べ、夕方まで盛り上がって宴はお開きとなった。手伝ってもらって後片付けをし、客たちを送り出し、テーブルクロスと折りたたみテーブルを畳み、ほっと一息ついた。コーヒーでも入れようと旺介の名を呼んだが返事はなかった。

「旺ちゃん？」

廊下に出て洗面所や寝室を覗いたが、旺介の姿は消えていた。

コンビニにでも行ったのかと思っていたが、一時間、二時間経っても、旺介からは何の連絡もない。携帯電話に何度も電話し、メッセージを入れたがなしのつぶてだ。

気を紛らそうとキッチンを掃除し、冷蔵庫の整理をしながら携帯をチェックし続けた。連絡がないまま二十三時を過ぎている。旺介の携帯電話には依然、電源が入っていない。

「どうなってるんでしょう……?」

カウンターに置いた義父のスプーンに何度目か問いかけた。それだけではたまらなくなって、鍵と携帯電話を手に玄関を出た。見渡すと、廊下に面した部屋の灯りがまだ点《つ》いている部屋がぽつぽつある。芳賀家へと足を進めた。

鈴木家と同じく、芳賀家も廊下に面した部屋を寝室にしている。起きていて相談に乗ってほしい、という願いも空しく、廊下に面した部屋は灯りが消えてしまっていた。

その向こう側、千代田の部屋は、廊下に面した部屋の窓がぼんやりと明るい。豆電球でもつけているのだろうか。

思い出して外階段を何段か降り、マンションの敷地を見渡した。しんと静まり返っている。

エレベーターを使って旺介が帰ってきてはいないかと、外階段から自宅に視線を向けた。寝室の灯りを付けっぱなしにしてきてしまっている。戻ろうと階段を上がり始めたとき、遠くから車が近づいてくる音が小さく聞こえた。

気づくと階段を駆け下りていた。

三階、二階と降り、一階で外階段を出た。マンション敷地の入口に視線を向け、反射的に自転車置場の陰に身を潜めた。

入口に軽自動車が止まり、ライトが消える。

降り立ったのは旺介だ。

街灯が運転席に座った女をぼんやりと照らす。ソノだ。長い髪を今日は垂らし、深いVネックの半袖カットソーを着ている。

旺介がソノに向き直り、小さく手を上げた。軽自動車が走り去っていく。

凍り付いたように体が動かない。

エントランスに向かうはずの旺介が足を止めた。そして向きを変え、外階段を目指した。外階段を上がり始める。たまらず追いかけた。

「旺ちゃん」

呼びかけると旺介が足を止めた。そして、ゆっくりと泉へと向き直った。

こちらに向いた顔は、わずかに眉が動いただけだ。泉が現れることが分かっていたかのように、冷たく固まっている。

どうして、なぜ。唇に押し寄せる言葉を上手く出せないまま、一段、二段と上がって旺介に近づいた。

「ソノさんと、一緒にいたの?」

「一緒にいた」

旺介が淡々と答えた。

「ソノさんと、付き合ってるの?」

「付き合ってる」

静かな口調だが、きっぱりと旺介が言い切った。そして続けた。

「別居のこと、真剣に考えてほしい」

泉に背を向けた旺介が外階段を上がっていく。かすかな匂いが鼻をついた。ニンニクだ。ソノと二人で食べたのだろう。かつて泉と食べたように。

◇

テストキッチンで救ってもらったお礼にと、旺介が食事に誘ってくれた。新都心に出来たばかりのイタリアンの店に入ってみたら、ガーリックトーストはともかくパスタにもフリッタータにもカツレツにもやたらニンニクが入っていた。

「うわ、自分でも自分がニンニク臭い」

「喋ったらニンニク臭がすごそう。まずいよ」

二人で固く口をつぐんで電車に乗った。文字通り息を詰めて過ごし、降りて駅から離れたところでたまらず噴き出した。

「迷惑な二人だよね。誰からも嫌がられる」

「今、俺たちが一緒にいられるのって、お互いだけだな」

さんざん笑ったあと、旺介がさらに思い出し笑いをした。

「本で読んだんだけど、ニンニクって、同衾《どうきん》食っていうんだって」

「ドウキン？」

「同衾っていうのは同じ衾、同じ布団に入る仲ってこと。ニンニクを食べても遠慮がない仲って意味だと思う」

「私たちも？」

笑った泉の唇を旺介の唇がふさいだ。

そのまま旺介の部屋に行き、ひさびさに互いを貪った。翌朝部屋に籠もったニンニクの匂いに、また二人で笑った。

◇

真昼の太陽が照りつける商店街は人気が絶えている。絶え間なく襲う目眩《めまい》が、歩を進めるごとに加速していく。昨夜は一睡もできなかったからだ。

眩しさで視界が白く霞《かす》む。今生きているこの世界が悪い夢のようだ。そうだったらどんなにいいだろう。目覚めとともに消すことができたなら。

あれから旺介はソファーで寝て、翌朝いつもより早く出社した。

泉も何とか身支度を調えて出社した。しかし、いつものようにパソコンでデザインに取り組もうとしても、単純な線一本引けなかった。仁藤や栗尾には顔色の悪さを心配され、半ば強制的に早退させられた。

住宅街に入り、公園に差し掛かると、雨の夜に一人、東屋で携帯電話を操作していた旺介のことを思い出した。

きっと旺介はあのときすでにソノと付き合っていたのだ。

自動操縦のようにマンションにたどり着き、エレベーターに乗った。四階で降りると、エレベーターホールに向かって歩いてきた千代田と出くわした。

泉の顔を見た千代田が足を止め、口を小さく開いた。黙って行き過ぎようかと思ったが、思い切って「あの」と呼びかけた。

「先日の、階段のこと」

千代田がたじろいだのがはっきり分かる。また責められると思ったのだろう。申し訳なさで余計に胸が締め付けられる。力を振り絞って続けた。

「千代田さんは、主人が、夜中に、階段にいたから水を撒いたんじゃないですか」

身構えていた千代田の体から力が抜けたのが分かった。図星なのだ。

眠れない一夜、ソノに送られ、エレベーターではなく外階段に向かった旺介を何度も頭の中で思い返しているうちに、デザインチームの船江が言っていたことを思い出した。

——水を撒いて対抗して。

今日、出社して真っ先に船江にその意味を確かめた。泉の顔色の悪さに驚いた船江は、そんなにマンション問題が酷いのかと同情しながら話してくれた。

——ほら、地面や階段に水を撒くと座れなくなるじゃない。

コンビニやビル前の階段とかでも水撒くところがあるでしょ。たむろされないように。

邪魔なヤツを寄せ付けないために水を撒くんだよ。

それを聞いて、千代田が階段に水を撒いた理由が分かった。

千代田の家でも寝室にあてられていそうな廊下側の部屋は、階段のすぐ前だ。そして、階段からは鈴木家の寝室の窓が見える。

旺介がいつも見計らったように、泉がベッドに入ったあと帰ってきたのは、階段に座るか何かして、灯りが消えるのを待っていたからだ。

畑と住宅街に囲まれたマンションには深夜に時間を潰すような店はない。住宅街の真ん中にある公園に、夜な夜ないるわけにもいかないだろう。マンションの外階段なら夜は多少涼しいいし、何より、泉が灯りを消したらすぐ分かる。

しかし、静かなマンションの夜だ。千代田が横になる寝室に、旺介の気配が伝わってきたに違いない。一人暮らしの老女にとって、窓のすぐ外で大の男が連夜うろうろしているのは、さぞ不気味だっただろう。

「私、何も知らなくて、千代田さんにすごく失礼なことを……。ご迷惑をお掛けして、本当に、すみませんでした」

深々と頭を下げた。

恐る恐る顔を上げると、千代田は何も言わず、泉を見ている。

「失礼します」

千代田の横をすり抜けようとしたとき、小さな声が聞こえて足を止めた。

睨むような顔が泉を見つめている。「何か？」と尋ねると、少し声が大きくなった。

「何やってんだ、って」

吐き捨てるように顔をしかめた千代田が続ける。

「あんた、いつも買い物袋を下げてさ。仕事帰りだろ？　疲れてるのにさ。えらいなあって、見るたんびに思ってたよ」

「私……？」

「あんたの家からおいしそうな匂いがすると、ああ、今日も頑張ってるんだなあ、って」

細い手が宙を泳いだ。

「誰かのために作る料理は、自分のためだけの倍疲れるだろ？　なのに亭主は何やってんだ。こんなところで道草食ってないで早く帰れってんだ、って思ってさ」

千代田の優しい眼差しを初めて見た。

「あ――」

ありがとうございます、と言おうとしたが声にならない。

ちゃんと声を出そうと息むと、代わりに涙が湧き上がった。いつの間にか泉はしゃくり上げていた。

こんな、ろくに口を利いたことのない千代田さえ分かってくれるのだ。どれだけ泉が頑張っていたかを。

ただ、旺介の笑顔が見たかっただけなのだ。

涙が溢れ、とめどなく頰を流れる。涙を抑えようとすればするほど慟哭《どうこく》で体が揺れ、耐えきれず廊下にしゃがみ込んだ。

なぜ。どうして。

どうしてこんなことになってしまったのだ。

溢れる涙で歪んでぼやけた視界に、千代田が立ちすくんでいるのが見える。訴えたくても言葉にならない。

どうして、こんなことに。

旺介が泉を選んでくれたのに。

◇

ニンニクまみれの一夜が明けて昼、泉が全身にまとわりつくニンニクの匂いをシャワーで落として部屋に戻ると、旺介が鍋で湯を沸かしていた。

実家から送ってもらったという稲庭《いなにわ》うどんを茹で、ザルにあける。「あちっ」と顔をしかめながら手で水にさらして冷やし、チューブのしょうがとめんつゆ、そして練りゴマのチューブと一緒にテーブルに置いた。

シンプルな冷やしうどんだ。旺介を真似て練りゴマのチューブを少しつゆに溶かすとコクが出た。

「おいしい？」

「おいしい」

泉が視線を上げると、旺介が嬉しそうに見ている。

「何？」

「いや……。こういうの、いいな、って」

旺介がつゆにたっぷり練りゴマを絞り入れながら続ける。

「イズを幸せそうな顔にできるのって、いいな、って」

「それは、旺ちゃんだからだよ」

泉が笑ったのに旺介は真顔だ。重たいことを言ってしまったかと悔やんだとき、旺介が口を開いた。

「イズ、結婚しよっか？」

◇

千代田に仕事で嫌なことがあったと言い訳し、自宅に戻った。キッチンで冷蔵庫から氷を出し、腫れた目を冷やしながら薄暗い部屋を見渡した。

外出している間、部屋が暑くならないようにカーテンは閉めてある。泉が選び、旺介が掛けてくれたカーテンだ。カーテンボックスについたフックとカーテンのフックの数が合わず、バランスを取るために二人で計算した。

ソファーでテレビを見るときに、コーヒーテーブルに両足を乗せたい旺介と、コーヒーや手製のスナックを載せたい泉で対立した。二人とも満足できるように、旺介のためにオットマン代わりのスツールを用意した。

ダイニングで初めて朝食を出したときに見せてくれた感激の面持ちも、鮮やかに思い出せる。

――何か、すごく新鮮。

新しい生活が始まった感じ。

そして先に出勤する泉を、旺介はふざけてキスで見送ってくれた。

それなのに今はどうだ。泉がテーブルを必死で支えているのに、調えたものが次々と滑り落ちて床で砕けていく。

ソノだ。あの女がいなければ、泉と旺介のテーブルに割り込んでこなければ、こんなことにはならなかった。旺介は父親の急死でショックを受け落ち込んでいた。一時の気の迷いなのかもしれない。

ストレス、浮気、遊び。頭に浮かんだキーワードを検索しようと携帯電話をつかんだとき、着信音が鳴って手の中で電話が跳ねた。

届いたメッセージは旺介からだ。

——体、大丈夫？

早退のことを知ったらしい。既読がついたからだろう、新たなメッセージが続く。

——今夜は早く帰ります

これからのことを話し合いたい

——できるだけのことをします

「何なの……」

泉は手荒く画面をオフにした。

——付き合ってる。

言い切った旺介の声が耳の奥に蘇る。

別居を切り出した。浮気を隠さない。今、旺介が目論《もくろ》んでいる「これから」は嫌でも分かる。

たまらず泉は立ち上がり、椅子をはねのけるように寝室に向かった。

クローゼットからキャリーバッグを引きずり出し、下着と服、化粧品、携帯電話の充電器を詰めてから電話でタクシーを呼んだ。十五時過ぎ、商店街はそろそろ賑わい始める時間帯だ。この数週間で増えた近所の知り合いと顔を合わせたくない。

最寄り駅から新都心に出て新幹線に乗り、普通列車、タクシーと乗り継いだ。三ヵ月ぶりの義実家に到着すると、義母がチルを抱いて出てきた。

「あれ、泉ちゃんが来るの、明後日じゃなかった？」

会社には明日も休むと連絡を入れた。予定していた休暇より二日早いだけだからと許してもらえた。

「新盆ですし、私、何も知らないから、早いうちからお手伝いをさせてもらいたくて来ちゃいました」

「そうなの。まあ上がって」

突然押しかけて文句を言われるかと思ったが、義母はさらりと泉を家に上げてくれた。居間に入ると、テレビの前に食べかけの食事がぽつんと一人分あった。「お茶入れてあげる」とキッチンで湯を沸かす義母の声も少し弾んで聞こえる。

真新しい小さな棚に飾られた義父の写真に、泉の実家から託された香典を供え、手を合わせてから義母に断って携帯電話を出した。

「もしもし……？」

電話に出た旺介の声が警戒している。メッセージの返信がないまま、突然電話が掛かってきたからだろう。賑やかな背後に負けまいと明るく語りかけた。

「旺ちゃん？　着いたよ、お義母さんのところ」

「え、実家……!?　ちょっと待って、行くのは明後日じゃ」

「お義母さん、旺介さん」

遮って携帯電話を義母に差し出し、チルと交換した。

「旺ちゃん？　泉ちゃん、無事に着いたよ。旺ちゃんが泉ちゃんに言ってくれたの？　助かる、弥生はバーゲンシーズンで毎晩遅いし」

義妹の弥生は地元のショッピングモールでアパレルショップに勤めている。義母がそのまま電話を切ろうとするので、また交換した。

「旺ちゃん、心配しないで。私、お義母さんに教わって、しっかりお手伝いしておくから」

少しの間を置いて、旺介の低い声が聞こえた。

「俺も、すぐ行くから」

電話がぶつりと切れた。大丈夫。大丈夫。泉は心の中で自分に言い聞かせた。

私たちは夫婦だ。家族なのだ。恋人が切り花ならば家族は植えられた花。社会という地面に張った、家族という根を引きちぎって抜けるものか。

泉のことを覚えていてくれたのか、甘えてきたチルを抱き上げながら、泉は頭に浮かんだソノへと吐き捨てた。

――お前の席はない。

休みの前倒しはできなかったのだろう。旺介が来たのは翌々日の午前中、新盆の前日だった。

「ただいま」と泉に素っ気なく挨拶した旺介を弥生が小突いた。

「ちょっとお兄ちゃん、『ありがとう』は？　泉さん、すっごく頑張ってくれてるんだよ？」

義母に教わりながら、精霊《しょうりょう》棚《だな》や精霊馬、行灯《あんどん》を用意し、セットした。泉の実家は親戚付き合いがほぼなく、お盆の準備などしたことがなかったから、メモを取りながら必死で学んだ。

葬儀の参列者が多かっただけあって、親族、友人知人から送られてきたお供物もかなりの数だ。それらを整理し、客を迎えるために掃除洗濯をし、布団を干し、会食の準備に追われた。

――まあ、初めてだから仕方ないよねえ。

――泉さん、これどうしよう？

義母に何度となく半笑いを浴びせられ、弥生の頼りなさに閉口しながら頑張った。今朝からは義母の妹二人も加わり、気疲れが増したが味方も増えた。

「旺ちゃん、いいお嫁さんを貰ってよかったねえ」

「ほんと、頑張ってくれて。帰ったら美味しいものでも食べに連れてってあげなさい」

泉の働きぶりに満足した――そして自分たちの負担が減ったことに感謝した――義母の妹たちが泉を褒めそやす。義母も二人に我が嫁を自慢する。

「パパも泉ちゃんのこと、気に入ってたもの。もうちょっと仲良くさせてあげればよかった」

義母が思い出したように手を叩く。

「泉ちゃん、免許までだでしょう。取りなさい。パパの車をあげる。弥生が自分用の車を買うから」

「ママ、太っ腹。下取りに出すって言ってたのに」

弥生が笑い、義母たちが盛り上がる。

「車はあった方が便利よ。子どもでもできたらとくに」

「ここにも帰ってきやすくなるしねえ」

「でしょう？　だから私考えたのよ。泉ちゃん、どう？」

「旺ちゃん、いい？」

泉が問いかけると、旺介が少し口ごもり、そして「ああ」と答えた。

――お盆が終わってから話し合おう
到着を伝えた電話のあと、旺介からメッセージが届いた。これからお盆が終わるまでの数日に、家族の絆はますます積み重なっていくというのに。

「泉さん、ママに気に入られたね」

一緒に昼食の準備をしながら、弥生がささやく。居間で義母たちのお喋りを黙って聞いている旺介を見た。自業自得とはいえ、追い込まれていく旺介が少し滑稽に見えた。

「お兄ちゃん、手伝って」

泉の後ろから弥生が居間に呼びかけた。

コンロで湯を沸かした大鍋に、弥生がばさっと入れたのは稲庭うどんの乾麵だ。旺介がやってきて鍋の番を引き受ける。隣の調理台で薬味にするショウガをおろしながら、旺介を横目で窺った。

――おいしい？

――イズを幸せそうな顔にできるのって、いいな。

旺介もあのときのことを覚えているだろうか。泉を拒むような冷ややかな横顔からは、内心は窺い知れない。

タイマーが鳴って旺介がコンロの火を消した。場所を譲ると、旺介は六人分のうどんが茹だった重い鍋を両手で持ち上げ、弥生がシンクに用意しておいたザルにあけた。

ボウルに移した湯気を上げるうどんに蛇口から水を注ぎながら、旺介は手でうどんを水にさらす。大量のうどんに手を差し込んでは、もみほぐすように冷やしていく。

うどんが旺介の指にからみついては流れ落ちていく。

ソノの長い髪をも、旺介はこんな風に撫でたのだろうか。

旺介の手がうどんの固まりに割り込んでは散らす。その手は同じようにソノの体を探ったのだろうか。旺介の指にまとわりつく白い筋のように、ソノの体も応えたのだろうか。

ボウルの水が薄く白く濁る。ぬめりを取ろうとくねる旺介の指は戯れているようだ。ボウルの縁から溢れ出す白い筋の揺れはまるで歓《よろこ》んでいるように見える。

むかつきが込み上げ、泉は胃を押さえた。

旺介はつかんだうどんの水を切り、六つの竹ザルに盛る。トレイに載せたザルを運ぶ旺介のあとから居間の食卓に向かいながらも、むかつきは止まらない。義母たちと食事を始めても箸が進まない。

手をつけられないうどんから、ザルを載せた皿に薄く濁った水滴が落ちて広がっていく。食べなければ、と思っても、どうしても口に入れられない。

汚い。

あんな女に触れた手で、揉みしだいたなんて汚らわしい。

泉の指から力が抜け、箸の片方がテーブルで弾んだ。

ザルを見ているのも耐えられない。黙って席を立つ。

「泉ちゃん、どうしたの？」

義母の声が聞こえたが構わず居間を出て、二階へと階段を駆け上がった。心の底に押し込めようとしていたものが一気に噴き出し、それまであったものを駆逐していく。

愛は食欲と同じ。湧くことも失せることも、意思ではどうにもならないのだ。

「イズ」

追ってきた旺介に呼びかけられた。振り返った泉は、その顔に初めて憎しみの視線をぶつけた。

# 5

駅から乗ったタクシーが走り去っていく。キャリーケースとともに見知らぬ場所に置き去りにされたような心細さが泉を襲った。自然に目が、傾き掛けた陽で白くぼやけたマンションの四階を見上げた。

山梨で旺介と聴いた歌が頭を過《よ》ぎる。

――A house is not a home.

心を込めて整えた1LDKを家庭だと思っていたのは自分だけ。家族だと思っていた夫は、いつの間にか見知らぬ他人に変貌していた。

食中毒で苦しむと原因となった食べものを受け付けなくなることがある。今の泉はまさにそうだ。旺介はもう、自分が愛した旺介ではない。そのことに気づいた一昨日、義実家で旺介に告げた。

――いいよ、離婚しても。したいんでしょう。

泉に睨みつけられても旺介の表情は変わらなかった。階下から押しかけようとする義母を止めながら、静かに泉に告げた。

――帰ったら話し合おう。

だから、母さんたちにはまだ言わないで。

そして泉は今日の昼、新盆とその後の会食が終わるとすぐに、一人義実家を発った。旺介は友だちのところに寄ると口実をつけて残った。

キャリーバッグを引いてエントランスへ入る。視界が一転して薄暗くなり、心までも陰らせていく。エレベーターに向かう足取りが鈍った。帰ったところで待っているものは闇でしかない。

「泉さん」

朗らかに呼び掛けられて顔を向けた。

自転車置場に続く出入口から入ってきたのは聖子だ。日焼け防止のためだろう、滑稽なほどつばが大きな帽子を手に、リネンのシャツとパンツのセットアップ、ブリーフケース。行きと同じように誰にも会いたくなくてタクシーに乗ったのについていない。

「こんにちは。暑いですね」

作り笑いを浮かべることができた。義実家で鍛えられたおかげだ。エレベーターに乗り込みながら、聖子が泉のキャリーケースに視線を向ける。

「ご実家？」

「いえ……」

主人の、という言葉がもう口から出てこない。

「義理の父の新盆で。聖子さんは、お仕事ですか？」

「うん。メールのやり取りだけじゃどうしてもね」

一人で経営している法律事務所とはいえ、盆の休みは取らないのだろうか。泉の怪訝そうな表情に気づいたのか、聖子が苦笑した。

「お盆休みって結構相談があるのよね。ほら、家族が集まるといろいろあるしね。夫婦の問題から相続問題まで。帰省先で予約を入れて直行してくる人もいるくらい」

四階に到着し、聖子は開ボタンを押して泉に降りるよううながす。

「泉さんもお疲れかな？　ゆっくり休んで」

礼を言った泉を追い抜いて聖子が歩いていく。そのとき泉の携帯電話が鳴った。着信表示を見て暗澹たる気分になった。義母だ。

「泉ちゃん？　今どこ？　無事に着いた？」

「はい」

「良かった。もう、連絡がないから心配しちゃったじゃない。駅からはちゃんとタクシーに乗ったよね？」

出立のとき、義母に無理矢理タクシー代を持たされた。

一昨日の旺介との短い話し合いのあと、階段の下で様子を窺っていた義母に「何でもありません」と告げたが、義母はなぜか口元をほころばせた。食卓に戻ると、義母の妹二人も揃って含み笑いを泉に向けた。それきり、泉は力仕事をさせてもらえなくなった。

――大人しくしてて、大事な体なんだから。

突然、吐き気を催して食卓から逃げた。そのことがどういう誤解を招いたか知った。あわてて義母に単なるケンカだと告げたが、誰も信じていなかった。旺介に頼んで誤解だと言ってもらっても。

――泉さん、あのさ、ほんと、体、大丈夫？

義母たちにせっつかれたのか、弥生が泉と二人きりになったとき、真剣な顔で尋ねてきた。

歯を食いしばり、一人で悔し涙を流して耐えたのは泉だけだった。旺介は夜になると、ゴールデンウィークに帰省したときのように友だちの家に逃げて行った。

「泉さん？　聞いてる？　旺介にね、体にいいもの、たくさん持たせるからちゃんと食べるのよ？　大事な体なんだから」

背後で義母の妹たちが笑う声が、泉を嗤《わら》っているかのように聞こえる。

今だって、旺介はどこかで呑気に過ごしているのだ。


まったく同じ間取りでもこれだけ違うものかと、泉は初めて足を踏み入れた元島家を見渡した。

ラタンの家具と大量の観葉植物、花柄のファブリックとレースのテーブルセンター。リビングスペースは夫婦共用らしきデスクと椅子、本棚で埋まっている。今ダイニングキッチンで泉が座っているのは、ソファーと低めのダイニングテーブルを組み合わせたソファーダイニングだ。キッチンとリビングのテーブルを一つにまとめたのは、溢れる本や物を納めるためだろう。

「彼が出張ばかりで家にあまりいないから、私の趣味で」

キッチンカウンターにかろうじて空いたスペースに置いたトレイを、聖子が運んでくる。仕事用らしいリネンのセットアップを着たままだ。着替える暇を与えなかったことに今さら気づいた。義母からの電話を終えてすぐ、キャリーバッグを自宅の玄関に入れただけで押しかけてきた。

「すみません。お仕事帰りでお疲れなのに」

「ううん。何？　相談って」

茶托に載せたガラスの湯飲みを泉に出した聖子が、向かいに座る。

「もしかして、ご近所のこととか」

「いえ……」

聖子が泉を見つめる視線を感じた。無為に時間を取らせてはいけないと思いつつも、口が開かない。

口に出したら、離婚が現実になってしまうのだ。

緑茶が入ったガラスの湯飲みに水滴が浮く。アイス緑茶だったのかとぼんやり水滴を見た。

「泉さん。どうぞ、冷たいうちに」

聖子が湯飲みを示す。言われるままに手に取り、一口飲んだ。

「……おいしい」

今まで飲んだことのあるアイス緑茶とは違う。まろやかで渋みがなく、口から鼻へと爽やかな香りが広がる。「でしょう？」と聖子が嬉しそうに笑った。

「私が入れたのよ、水出しで」

「水出し？」

聖子がキッチンに立ち、ガラスのポットを持って戻ってきた。網でできた茶葉入れの下に、冷えた緑茶がまだ入っている。

「玉露の上に氷を載せて、一晩冷蔵庫に入れるの。ゆっくり氷が溶けて、じわじわと時間を掛けて、緑茶の美味しいところだけを抽出するのよ」

「そうなんですか。だから渋みがないんですね」

「泉さんはお家ではお茶？　コーヒー派？」

「コーヒー派、かな……。牛乳をたっぷり入れてカフェオレにするのが好きなんです。朝は必ずカフェオレ」

「鈴木さんは？　コーヒー？」

「ええ、まあ……」

洗って伏せられたカップと、ゴミ箱に丸めて捨てられた泉の書き置きが頭に浮かんだ。

顔を上げると、聖子の優しい目がこちらを見ている。

「あの、ちょっと聞きたいことがあって。離婚の、ことで」

「離婚？」

聖子がわずかに目を見開いた気がして、あわてて言葉を続けた。

「義理の妹に、離婚したいって相談されて……。主人の実家に帰省したときに。それで……。妹とは、すごく仲良くしてるから力になりたいんです」

旺介の妹が独身だという話は、聖子や圭花にはしたことがないはずだ。

聖子の視線を受けて付け加えた。

「もちろん、相談料はちゃんと、お支払いしますから」

泉をじっと見つめていた聖子は、やがてカウンターへと体を向けて手を伸ばし、雑多な物の中からペンを刺したメモホルダーを引っ張り出した。そして泉に向き直った。

「又聞きだからアドバイス程度しかできないけど。どんなご事情なの？」

「相手が突然、冷たくなって……、別居したいって言われて……」

慎重になるあまり、言葉がなかなか出てこない。他人事として話さなければならない上、胸のうちを人に明かすのは初めてだ。実家の両親には話せない。父親が怒鳴り込んできて旺介を責め立てるに決まっている。自分は娘を虐げても、他人が虐げるのは許せないからだ。

結婚一年、子どもはいない。二人暮らしで同じ会社に勤めている。自分たちの事情を義妹に置き換えて話す。聖子はメモを取りながら聞いている。

「予兆は、何もなかったの？」

「義父が亡くなって大変だったのはありますけど……それを境に、急に……。それだけじゃなくて……。相手に、同じ会社で、部署は違うんですけど、勉強会で一緒になった社員が……女性社員、なんですけど……」

言葉が続けられない。聖子がそっと確かめてくれる。

「浮気？」

うなずくことしかできなかった。

あれだけ訴えたかったのに、いざとなると言葉が出てこない。

「彼女は、証拠は押さえてるかな？　メールとか、写真とか、録音とか」

「一緒にいるのを見たって言ってました。相手にも、その浮気相手と付き合ってる、別居したいって、はっきり言われて」

「何か付き合ってる証拠がないと、慰謝料は取れないな。一緒にいるくらいじゃダメ。性的な関係を結んでいることが明らかな証拠が要るの。たとえば、ラブホテルに一緒に入っていくところの写真や動画。証拠を押さえられてないのに慰謝料を払おうなんて人は、まずいないわね」

「別にお金が欲しいわけじゃ――」

強い調子で言い返してしまい、はっと口をつぐんだ。

聖子は気づいたのかそうではないのか、表情を変えることなく泉を見ている。

「今、一緒に食事をしてる？」

「はい？」

「彼女とご主人、一緒に食事をしてる？」

表情が柔らかいままなので雑談かと思ったが、じっと顔を見つめられて答えた。

「してる、みたいです」

聖子がファイルに何か書き込み、質問を続ける。

「食事は誰が用意してるの？」

「彼女です」

「ご主人は、彼女が食事を用意したら食べる？」

「はい」

「どんなものを出してるの？」

「どんなものって……。普通に、ご飯とお味噌汁とおかずとか……。おかずは最低でも二品は作ってる、って」

「費用は？　食事に掛かる費用」

「それは、彼女が。でも、家賃は相手が払ってて、それは結婚するときに話し合って決めたそうです」

「共同で賄ってるってことね」

聖子がまた書き込んでから、怪訝そうな泉を見た。

「彼女たちの婚姻関係がどんな状態なのか、で変わってくるから。判断材料としては夜の生活もあるけど、あれはお互いの、淡泊だとか貪欲だとか元来の嗜好《しこう》とか、いろいろあるから判断が難しいし」

「……はあ」

「でも、食事は毎日必ず摂るものでしょう？　食事を共にしているか、食事にまつわる金銭的、時間的、体力的な負荷を共同で担っているかどうかは、夫婦関係を見極めるにおいて、大切なポイントなの。夫婦には、相互扶助の義務があるし」

「相互……？」

「食事を作る、費用を負担する、それを共同で行う協力関係のこと。片方がそれを放棄したとなれば、当然マイナスポイントになるわけ。あと、一緒に食べるかどうかで、夫婦としてのコミュニケーションをおろそかにしてないかも量れるわね」

自分のお茶を飲んだ聖子が続ける。

「今、彼女とご主人が一緒に夕食を摂るのは、週何日くらい？」

「三日くらい、じゃないでしょうか。平日に二日、週末に一日、とか」

「ウチよりずっと多いじゃない。食事をするときは、いつも二人だけで？」

「そうみたいですね。でも、相手は口も利かなかったり、突然不機嫌になったり、イライラをぶつけてきたり」

姿を消したりもした。先週、元島家と芳賀家を呼んで、三家族でランチをしたあとのことを思い出すと悔しさが込み上げる。

「夕食が要らないときに連絡は？」

「ありますけど、一方的で、謝ることもしないって――」

聖子がペンを置いたので口をつぐんだ。

「彼女のご主人、伺った限りでは夫の義務をちゃんと果たしてるようだけど」

「だけど何も悪くないのに、彼女は――」

「相互扶助の義務もちゃんと満たしてる。作ったものはちゃんと食べてくれて、要らないときは連絡があるってことはモラハラでもないし」

「浮気相手に車で送られて帰ってきたんです」

「付き合っていたとしても、遊びかもしれない。そういうこと、彼女は考えたことはあるのかな？　一時の気の迷いだっていう可能性もある。すぐに飽きて彼女の元に戻ってくるかもしれないでしょう」

「――」

「本人に落ち度がないのなら、浮気をした配偶者が有責者となる。有責側から離婚請求はできないのよ。彼が家を出て行っても、離婚に持ち込むには最低五年は掛かる。もう少し、じっくり考えた方がいいんじゃないかしら。配偶者の浮気を乗り越えた夫婦はたくさんいるんだから」

聖子がテーブルの上で両の手のひらを泉に向けてかざした。

「第一、本当に嫌いな人の手料理なんて食べないでしょう？」

◇

「ほら、ね、充分じゃない？」

泉は二人掛けの木製テーブルに並んだ食器を、向かいに座った旺介に見せた。

小花があしらわれた皿の上に、プラスチックのステーキとニンジン、ブロッコリーが載っている。すぐ隣に展示してある四人掛けのテーブルから借りたものだ。

結婚が決まり、新居への入居を控えて、新都心の駅近くにある大型インテリアショップに二人で訪れたところだ。「ね？」とステーキを食べる真似をしてみせると、旺介がうなる。

「いや、俺、あっちの方がいい。ちょっと、イズも座ってみてよ」

旺介が隣のテーブルに移る。四人掛けだが横百六十センチと、かなり大きめだ。泉が選んだ八十センチ幅の二人掛けテーブルの倍ある。泉はバッグから間取り図の拡大コピーを出してテーブルに広げた。

「見て、ダイニングスペースは六畳なんだよ？　こんな大きいテーブルを置いたら部屋が狭くなっちゃう。二人暮らしなんだから、二人掛けのでいいじゃない」

「二人掛けなんて寂しいって。それにいつでも何人でも人を呼べる感じにしたいんだよね」

やっぱり、と泉は内心溜め息をついた。

結婚式は二人きりで挙げることに決めた。一生に一度の記念日を、実父の顔色を窺いながら過ごすなどまっぴらだったからだ。旺介もそれを察してくれたのか、夢だからと頼んだ泉に反対しなかった。義母が電話で考え直せと訴えてきたときも、二人で決めたことだからと撥《は》ね付けてくれた。

——地元の友だちが結婚パーティーをやってくれるっていうから、それはいいよね？

加えて、旺介側の親族一同とも食事会をすることになった。準備を始め、双方の数の多さに泉は不安を抱いた。旺介は言う。

——結婚してるやつも多いし、これからは家族ぐるみで仲良くできたらいいよね。

この先はともかく、結婚してしばらくは水いらずで過ごしたい。泉の願いを察することなく旺介が畳みかける。

「みんなでわいわい、賑やかで楽しそうじゃない」

「じゃあ、人が来たとき用に、折りたたみのテーブルとシートクッションを買おうよ。人が来たときは床に座ることにして。コーヒーテーブルも買うんだし」

「それじゃなんか間に合わせっていうか、いちいち出すのも面倒だし。ほら、俺の実家にある座卓、あんな感じにしたいんだ。置いてあるから人が集まるんだよ。ウェルカム、って感じがするから」

ね、と旺介が上目遣いになる。泉も元いた小さいテーブルに移って上目遣いで見つめ返した。

「大きいテーブルは、子どもができたとか、広い家に引っ越すとかしたら、そのときでいいじゃない？」

「いや、今から大きいテーブルにしておこうよ。イズだって思いっきり料理を作れるでしょ」

「テーブルはカウンターに横付けするから、そんなに幅はいらないし」

「ううん、イズは料理上手だからテーブルがぱんぱんに埋まる」

旺介が立ち上がり、泉の隣に座った。体をぐっと寄せてささやく。

「イズ、お願い」

「——もう、しょうがないなあ」

「やった」

ぐいと旺介が泉の肩を抱き寄せる。「やめて」と笑いながらなすがままにもたれかかる。

顔を上げると旺介の笑顔がすぐ目に迫る。泉を幸せな気持ちにしてくれる。

◇

「バカみたい……」

元島家から帰宅してシャワーを浴び、ダイニングの椅子に座った泉は、一息つきながら百六十センチ幅のテーブルを見た。

——乗り越えた夫婦はたくさんいるんだから。

夫婦仲が円満な聖子に、泉の苦しみの何が分かるというのだ。

弁護士に話を聞いてもらって少しでも気持ちを軽くしようと思ったのに、一層気が重くなっただけだった。目を伏せると、部屋の隅に置いた保存ビンが心を突き刺す。幸せの象徴、梅仕事

――梅干しにする途中で放り出した塩漬け二キロだ。

立ち上がるとカウンターに飾ってある義父のスプーンが視界に入った。キッチンに入って手荒くスプーンをつかみ、思い直してそっと引き出しに入れた。義父に当たり散らしたようで申し訳なくなったからだ。

キッチンもリビングダイニングも、四日前出て行ったときとほぼ変わらない。ソノを連れ込んだのではないかと身構えたが、家のどこにもそれらしい痕跡はなかった。キッチンのゴミ箱の中身が一杯になっているだけだ。

冷蔵庫を開け、四日ぶりの帰宅で傷んでしまった食材を捨てた。食べものの匂いを嗅いだせいか空腹を強く感じる。

しおれかけたネギを刻み、ツナ缶を開けた。冷凍しておいたご飯をレンジで解凍し、フライパンでゴマ油を熱してネギとツナと炒め合わせた。フライパンの余白で焦がした醬油で仕上げ、皿に盛ってカウンターに置いた。作りおきの麦茶が傷んで捨てたので、グラスに水を注いでテーブルについた。

味が薄い。塩を入れるのを忘れていた。取りに行くのも面倒で口に入れていると、玄関ドアが開く音が聞こえて固まった。

スプーンで山盛りすくったチャーハンを皿に戻すと同時に旺介が入ってきた。視線を中に泳がせたところをみると、ゴマ油と焦がし醬油の香ばしい匂いに反応したのだろう。

どうしてチャーハンなど作ってしまったのだろう。目を伏せてチャーハンをすくったとき、ぐう、と音が聞こえて反射的に顔を上げた。

ちらりとこちらを見た旺介の顔がみるみるうちに上気する。腹が鳴って決まり悪かったのだろう。下げた紙袋をカウンターに置き、そして泉に頭を下げた。

「ありがとう。法事のこと、本当によくやってくれて、母さんたちも助かったって」

「――――」

「ごめん。辛い思いをさせて」

「お義母さんたちには、話したの？」

「いや、二人で話し合ってから、って思って。これ、冷蔵庫とかに入れていい？」

旺介が手にした紙袋を持ち上げた。

「土産に、って食べもの、なんかいろいろ持たされて」

「妊娠したと思ってるんだよ。私が」

「それは違うって俺からも――」

「お義母さん、弥生ちゃんを使って探りを入れてきた。そんなわけないのに。そんなわけないでしょう？　私はね」

語尾に力を込めると、カウンターの上に紙袋から菓子や果物を出していた旺介の手が止まった。

「ソノさんと、結婚したいの？」

「え？」

「私と離婚して、ソノさんと結婚するの？」

「違う。ただ、一人になりたいだけ。誰とも結婚する気はない」

「だけど――」

「俺は、結婚には向いてなかった。責任感も、覚悟もなくて。本当に、イズに辛い思いをさせて悪かったたって思って――」

「会社で何て言うの」

「――」

「たった十ヵ月だよ。十ヵ月で離婚って。会社のみんなも祝福してくれて、それなのに」

「俺が異動する」

旺介に顔を向けた。じっと泉を見つめている。

「どこかの支社か営業所に移れるように、異動願いを出すよ」

「勉強会はどうするの」

「勉強は一人になっても続けられるから」

プラスチックに代わって紙を使った容器に注目が集まっている。栄光化成ではまだ輸入だけだが、自社での製造を実現化するための勉強会が行われている。

確かに勉強は一人でも続けられるだろう。しかし、工場を持つ本社で製造や製造管理、資材調達の担当者と実現に向けて討論するのとは違う。

言葉を失っている泉に向けて、旺介が続ける。

「気を悪くしないでほしいんだけど、お金の面も……そういうことも、ちゃんとさせてほしい」

「慰謝料ってこと？」

「うん。イズの引っ越しとかの費用もあるし、いろいろと負担を掛けるから、せめて……それくらいはさせてくれないかな」

気づくと立ち上がっていた。

旺介が「イズ？」と心配そうな視線を向けた。かまわずキッチンに入る。

「お腹空いてるんでしょ。何か作るよ」

「でもまだ話が――」

「少し考えさせて。私も帰ったばかりだから」

窺うように泉を見ていた旺介が「分かった」と着替えにリビングダイニングを出ていく。

冷凍ご飯はもうないので五分でゆであがる細麺のパスタを出した。両手で握り、フライパンの上で半分にへし折った。

嘘つき。

勉強会から遠ざかってまで本社を去る。証拠をつかまれてもいないのに慰謝料を払う。そこまでして離婚を急ぐ理由が、再婚の他に何がある。

義母に持たされた土産の中に缶入りトマトジュースがあったのでフライパンに入れたパスタにぶちまけた。さっき使ったツナの残りを載せてフタをし、火に掛ける。

数分煮立ててからフタを開けて水分を飛ばすと、トマトジュースがソース状になってパスタにからむ。塩で味を調えてから皿にあけてオリーブオイルをたらし、粉チーズの容器と、グラスに注いだ水とともにカウンターに置いた。

ちょうどシャワーを浴びて入ってきた旺介が「ありがとう」と受け取り、テーブルにつく。

「いただきます」と手を合わせてから食べ始めた。フライパンを洗っていると、声が聞こえた。

「おいしい」

カウンター越しに旺介を見ると、彩りもない赤一色の粗末なパスタを、旺介は黙々と食べている。久しぶりに旺介に微笑み掛けた。

「よかった」

食べる気の失せたチャーハンと義母が寄越した土産を片付けながら、聖子の言葉を反芻《はんすう》した。

――本人に落ち度がないのなら、浮気をした配偶者が有責者となる。

有責側から離婚請求はできないのよ。

「どーこだ、どっこだ……」

泉の隣で宇津井が歌うように唱えながら、レトルトカレーの箱をひねくり回す。

インスタントラーメン、クッキー、パスタ、佃煮《つくだに》、インスタント調味料、サバの水煮。袋、箱、パウチ、ビン、缶。雑多な食品が休憩室のテーブルの上を埋めている。もう一つのテーブルには、コンビニ袋や紙の手提げ袋がぎっしり並ぶ。

九月中旬、泉と宇津井が実行委員を務める社内ボランティアが本格的に始まった。今年行うのはフードドライブだ。各家庭で持て余している食品を集めて、フードバンク――食料に困っている人々に食料を届ける団体――に寄付をするのだ。

社内ボランティアの実行委員は就業時間中に活動する。昼休みに休憩室で集めた食料を、午後、泉と宇津井で箱詰めの前にチェックしているところだ。仁藤と栗尾が仕事の合間に様子見に来て、集まった食料を見ているので声をかける。

「賞味期限、一ヵ月を切ってるものがあったらそっちの箱へお願いします」

宇津井が「あった」とレトルトカレーの箱を持つ手を止めて目を凝らす。

「えーと、十月十六日。一ヵ月はぎりぎりセーフだけど」

「賞味期限か、消費期限か」

泉の声に、仁藤が大袈裟に節をつけて唱える。

「消費期限は、食べられる期限」

「賞味期限は、おいしく味わえる期限」

栗尾も加わり、泉も続いた。

「賞味期限が切れていても、食べるかどうかは自己判断」

宇津井も唱和する。久しぶりに笑った頰が少し痛んだ。

栄光化成の入社研修で教わる必須項目だ。新卒で入社した宇津井と、会社の吸収合併で中途採用となった泉、仁藤は一緒に入社研修を受けた。そのときに教わり、みんなで唱和したことを思い出す。

「よくできました」

入ってきた湯沢も研修の講師を務めたときの口調で褒めて笑う。立ち寄りで今出社したと、自宅から持参した食品を持ってきてくれたのだ。エコバッグから出したのは、貰い物らしい水ようかんや佃煮、ドレッシングだ。

「あんまりなくてごめんね。うち、奥さんが節約マニアで。ネットとか見て食べものを無駄にしない収納システムを作り上げてるから」

「いやあ、ないっていいことですよ。今、フードロスって世界的な問題じゃないですか」

仁藤はスペイン土産らしいパエリアセットのパッケージを「これ新しい」と携帯電話のカメラで撮っている。弁当しか作らない、という仁藤は、気合いを入れた時に買ったらしいスパイスや変わった形のパスタを、照れたように泉に差し出した。

「あー、捨てられる食料、日本で一日に二万トン近いっていうよね。でもさあ、難しいよ」

栗尾が口を尖《とが》らせる。インスタント食品や菓子をたくさん持ってきたからだろう。

「家族がいるとね、なかなかそういうわけにはいかないの。買いおきをしておかないと何かあったときに旦那は役に立たないし」

「俺って最先端行ってます？　その日食べるものだけを買う。地球に優しい男」

買いおきの食料がほぼなく、未開封のせんべい一袋だけを持参した宇津井が得意げに言い、組み立てた段ボール箱を抱えて辺りを見渡す。

「置ききれないから、詰めた箱、床に下ろしましょう」

「ダメだよ。食べものを入れる箱だよ。人様に差し上げる」

出ていくところの湯沢が足を止めて告げ、「そっすね」と宇津井が下げかけた段ボール箱を戻す。

泉はボランティアの打ち合わせで出かけたフードバンクを思い出した。そこでも食料を入れたケースはすべて台の上に置かれ、スペースがなくても決して床に置かれることはなかった。床置きの段ボールに入れていくのは消費期限が切れたもの、ゴミだけだ。

愛にも期限があるのかもしれない。数字は見えないから自分で判断するしかない。

ハート型のパッケージを見て浮かんだ思いを振り払い、目を凝らして記された日付を確認した。宇津井も缶詰のラベルに見入っている。

「賞味期限一ヵ月ジャスト。また微妙だな……まだイケそうだけどルールだし」

宇津井が迷った末に椅子の上に置いた箱に入れているのを横目で見てから、次に手に取った缶詰に視線を戻した。チェリーの水煮缶だ。

――来年は私が作るから。チェリージュビレ。

旺介にささやいた自分の声が脳裏に蘇る。

市役所に結婚届を提出したあと、フレンチレストランで旺介と食事をした。デザートにチェリージュビレを頼んだ。炎を上げるチェリーに二人で歓声を上げた。

――ジュビレはフランス語で節目の記念日って意味。

おめでたい日に食べるデザートなんだよ。

私の賞味期限はいつ切れたのだろう。消費期限は残っているのだろうか。

心が缶のようにずしりと重くなったとき、聞き慣れた声がした。

「お疲れさまです」

旺介が入ってきた。タブレットケースを抱えているからミーティングにでも行くところだろう。

「お疲れさまです」

宇津井が挨拶を返したので、便乗して目礼だけで済ませた。旺介がじっと泉を見ているが、かまわず手元に視線を戻した。

この一ヵ月間、家庭内別居が続いている。八月下旬の旺介の誕生日も別々に過ごした。

泉は会社から帰ると急いで家事をこなし、旺介に頼まれれば夕食も作る。和風ハンバーグとホウレン草のおひたし、サバの塩焼きときんぴらごぼう、鶏胸肉を使った青椒肉絲と豆腐サラダ。泉の好きなメニューだけを作るようになった。

――もっとこってりしたのがいい。

――イズの作るドリアは最高。

甘え、ときには色仕掛けで泉にねだった旺介はもういない。今は離婚話に波風を立てないように、何を作っておいても完食する。

旺介が帰宅すると手早く夕食を調え、入浴を済ませ、携帯電話を手に寝室にこもる。インターネットで泉と同じような境遇の既婚女性を捜しながら、長い夜をやり過ごす。朝は早起きして朝食を済ませ、旺介が起き出す前に会社に向かう。

徹底的に旺介を避けている。旺介が泉を避けていたように。

「段ボール、空いてるやつ取ってきます」

宇津井が休憩室を出ていく。

同じ会社で働いている配偶者を避けるのは大変だ。寝付けないから夜は長いし、土日は身の置き所がない。旺介がどれほど苦労して泉を避けていたかを、この三週間弱で痛感した。それほどまでに疎まれていたのだと空しくなった。

旺介が泉に歩み寄ってくる。顔は上げずに明るく呼び掛けた。

「サボってていいの？」

「いや……あ、ごめん、クッションに……」

「ケチャップ？」

旺介が気まずそうに「ごめん」と付け足す。

今朝、リビングのクッションカバーが洗濯物入れの横に掛けてあった。水で濡らされた部分に赤い染みがあり、キッチンのゴミ箱には油っぽい紙ゴミが残っていた。

遅くなるから夕食は要らないと告げた昨夜、旺介は買って帰ったテイクアウトをソファーで堪能したのだろう。テレビを見ながら、コーヒーテーブルに足を投げ出して。

「染み抜きすれば大丈夫だから」

「ありがとう」

これも聖子が言うところの相互扶助になるのだろうかと思ったとき、旺介が続けた。

「週末、二人で食事しない？」

泉が黙っていると「外食でも」と付け加えた。

「ちょっと、予定が――」

「合わせる」

旺介が食い気味に答え、続ける。

「そろそろ、ちゃんと話をした方がいいと思う」

「言ったよね。会社に話すのは十一月まで待って、って」

一年足らずで離婚を公表するのは辛すぎる。そう旺介に訴えたのだ。

「だとしても、準備だってあるし、今後のことも」

「そうだね。分かった。連絡する」

「ありましたー」

宇津井が戻ってきてくれたので、ほっと構えを解いた。

「イッさん、これ補強した方がいいっすかね？　缶やビンが多いし」

「そうだね。底のガムテープを横に渡す感じで貼ろう。二本」

「じゃあまた」

旺介が泉にだけ聞こえるように告げて休憩室を出ていく。ガムテープを切りながら口元が自然に歪んだ。

勝手に週末を待てばいい。泉は今まで通りにするだけだ。


これまでも何度か旺介から離婚の話し合いを頼まれた。その度に、疲れている、体調が悪いと言い訳をして逃げている。

——いつだったらいいの？

——俺がそっちに合わせるから。

旺介が切り出す頻度が徐々に増えている。だからこの土日は東京で親戚に会わなければならないと嘘をついて、新都心のビジネスホテルに泊まった。土曜の朝から日曜の夜まで時間を潰すのは大変だったが、目的があるから耐えられる。

「お疲れさまです」

週明けの昼休み、生産本部の休憩室に現れたソノに、泉は愛想良く呼び掛けた。

「お疲れさまです」

ランチバッグを持ったソノも屈託のない笑顔で挨拶を返し、壁際に積まれた段ボール、泉と一緒にいる辻と視線を向ける。

「フードドライブですね」

「そうだよ。まだ時間があるから何かあったら持ってきてね」

辻が泉に「じゃあ」と告げて休憩室を出ていく。運転ができる辻はこれから近隣の支店を社用車で回り、集めてもらった食料を運んでくる。泉はその間、生産本部のフードドライブを預かることになったのだ。

通り過ぎようとするソノに、自然に声をかけてしまう。

「先日は、どうも」

「こちらこそ。梅ジュース、ごちそうさまでした」

泉の皮肉をものともせず、ソノは一角にある無料のコーヒーサーバーへと向かう。同じ技術開発室の社員らしき男性社員二人と笑ってすれ違う。今のうちだ、と小柄な背中を冷ややかに見た。

――有責側から離婚請求はできないのよ。

彼が家を出て行っても、離婚に持ち込むには最低五年は掛かる。

聖子の言葉をお守りのように噛み締める。

泉は少なくとも法律的には非の打ち所のない妻だ。食事だってちゃんと作っている。泉が離婚に応じない限り、旺介はソノと再婚することはできない。

チェックが終わっていない段ボールの中の食料を見ていきながら、ちらりとソノを見た。コーヒーを入れながら、顔見知りの社員たちとふざけ合っている。

五年が過ぎたとしたら、旺介の中でソノの賞味期限は残っているだろうか。

フードドライブでテーブルを三つ使っているせいで、ほぼ満席だ。ソノがコーヒーのトレイを手に、泉のすぐ手前のテーブルに座る。

ランチバッグから出したのは、有名チェーンのベーカリーの紙袋。先週末、泉が夕食にとサンドイッチを買ったのと同じ店だ。狭いビジネスホテルの部屋でかじったサンドイッチは、喉に詰まるような気がして食べきれなかったのを思い出した。

しかし、ソノが出したのはサンドイッチではない。十センチほどの厚さのレーズン入り食パンだ。ソノは食パンの角をちぎると、何もつけることなくそのまま口に入れた。

泉も食べたことがあるが、食パンだけでは薄味すぎるし油気もゼロだ。視線に気づいたのか、泉に顔を向けたソノが薄い笑いで告げる。

「私、パンもお米もいろいろつけるのが好きじゃないんです」

「なんか味気ないですね」

「食べものなんてみんな味気ないじゃないですか。肉だって魚だって野菜だって、そのまま食べられるものなんてほぼないでしょう？　塩や醬油をつけて何とか食べてるだけで」

返す言葉に詰まった。言われてみればその通りだ。負けたくないので矛先を変える。

「がっつりした味がお好きなんだと思ってました。ニンニクとか」

「ニンニク？」

「車で主人を送ってくれたとき、ニンニクの匂いがしたから。お盆休みに入るちょっと前」

「ああ、勉強会の流れでご飯を食べて、遅くなったから。別に、私、何でも食べますよ。とくに好き嫌いないし」

「主人にも、そういう話をするんですか？」

「勉強会で話題になったかなあ……。この仕事していろんな食品のパッケージングを見て思うんですけど、私たちが食べてるのは調味料なんですよ」

ベーカリーの袋の上に落ちたレーズンを拾い上げたソノが続ける。泉に向けた眼差しが一瞬、強くなったような気がした。

「料理って結局は、調味料をまぶしてるだけ」

バカにするなと怒鳴りたくなった。

好みはともかく、食べることが好きな旺介が、どうしてこんな女と付き合うようになったのだろう。

ソノがパンを咀嚼しながら、面白そうに泉を見ている。これ以上話しても無駄だと切り上げることにして、最後に釘を刺した。

「そうならないように気をつけます。毎日、食事を用意していく上で」

泉が食品のチェックに戻ろうとしたとき、ふふ、とソノが笑った。

「人においしいものを食べさせるって、なんか口を塞ぐためにも見えるんですよね」

「そんな言い方——」

「おいしいだろう？　文句ないだろう？　黙って食え、みたいな？」

「それって……！」

思わず詰め寄った勢いでテーブルにぶつかった。

動いたテーブルがソノの腕にぶつかり、手からコーヒーカップが跳ねた。制服のジャンパーと中に着たカットソーにコーヒーが跳ねかかり、ソノが小さく声を上げた。

予想もしなかったことに息を呑み固まった泉にソノが呼び掛けた。

「大丈夫ですか!?　コーヒー掛からなかった？」

訳が分からず立ち尽くしている泉にソノが畳みかける。

「ごめんなさい、びっくりさせちゃって。これ」

ソノがレーズンをつまみ、泉の背後に「これ」と掲げた。

振り返ると休憩室にいた十数人が泉とソノを注視している。

顔が熱くなった。ソノがティッシュでコーヒーを拭きながら仲間に朗らかに笑いかけ、声高に説明する。

「レーズンをね、虫だって冗談言ったらびっくりしちゃったの」

「罰が当たったな」

「こいつ俺にも同じこと言ったんすよ。ほんとバカじゃね」

仲間の一人が笑いながら泉に告げる。別の一人は「ほいよ」と置いてあったティッシュボックスをソノに投げた。器用にキャッチしたソノが、澄まして泉に告げる。

「もう大丈夫ですから」

口元だけが愛想良く微笑み掛けてくる。

泉はどうにか態勢を立て直し、「ごめんなさい」と作り笑いを返した。


仕事を終え、会社からマンションに戻りながらもまだ、昼間のショックが尾を引いていた。

休憩室にいた面々に、ソノに食って掛かったと見られていたら、たちまち社内に噂が広まっただろう。帰る場所がないから一生一人で生きていけるように今の会社を選んだ。悪目立ちしないように、反感を買わないように、慎重に過ごしてきた。その居場所を逆上して失いかけたのだ。ストレス。気づいて溜息をついたとき、食べ忘れ、冷蔵庫の隅で発酵してぱんぱんに膨らんでしまった白菜漬けの袋が頭に浮かんだ。今の泉も似たようなものだ。爆発して中身が飛び散らないように空気穴が要る。

「写真」

独り言がこぼれ出た。

毎日の夕食を写真で残そう。再開した食事日記に画像を付けるのだ。そうすれば、より強固な証拠になるだろう。聖子に見せたらどう言われるだろうと想像しながらエレベーターから降り、廊下を曲がると声をかけられた。

「泉さん」

「久しぶり」

廊下で立ち話をしていた部屋着姿の圭花が小走りで寄ってくる。一緒にいたのは前に花火大会で一緒になったマンション内の主婦たちだ。

「もう、全然顔見なくなっちゃって寂しいね、ってみんなで」

「お仕事忙しいんでしょう？」

「うん。義父の新盆なんかもあってずっとばたばた」

「うわ大変そう」

圭花が泉の手元を見た。

「泉さんがコンビニ弁当を買うなんて。本当に忙しいんだね」

「あ、これは——」

言い訳しようとしたとき、圭花に遮られた。

「ねえ、久しぶりに家呑みしない？　今夜。うちの旦那、早く帰ってくるから」

「うん……」

「久しぶりにゆっくり話したいしさ。あ、こんばんは」

圭花が泉の背後に呼び掛けた。

向き直ると、外出帰りの千代田が夕刊を手に、じろりと泉たちを見た。あのとき以来だ。

——亭主は何やってんだ。

千代田は無表情のまま、圭花と泉に素っ気なく挨拶を返して横を抜けていく。

「待ってください」

泉はとっさに声をかけていた。千代田が足を止め、訝しげな顔を向ける。

「ちょっと、お渡しするものがあって。ごめんね圭花ちゃん、また今度」

急いで鍵を開け、千代田を自宅に招き入れた。「どうぞ」と促すと、千代田は怪訝そうな顔をしながらも入ってくれた。

「すみません、暑くて。どうぞ、ソファーに」

クーラーを付け、座るようにとリビングのソファーを示したが、千代田はテーブルの辺りで立ち止まったままだ。手を洗い、冷蔵庫から麦茶を出してグラスに注いだ。

「梅を漬けてるの？」

千代田がキッチンカウンターの外に置いた塩漬け梅のビンを見ていた。処分しようと思って出していたのだ。

「干すのを忘れちゃって。捨てないとですね」

梅仕事なんかで夫をつなぎ止められると思った自分は何と愚かだったのだろう。

「このまま塩漬けにしておけばいいじゃないか。来年干せばいいんだし」

「そうですね」

上の空で答え、ソファーに座ろうとしない千代田に椅子を引いてやり、テーブルにつかせた。麦茶を出してから向かいに座り、頭を下げた。

「先日は、ご迷惑をお掛けしてすみませんでした」

それか、と言いたげに千代田が小さくうなずく。「どうぞ」と麦茶を勧めると、一口飲んでカウンターを視線で示した。

「傷むんじゃないの」

幕の内弁当を置きっぱなしにしていた。席を立ち、キッチンに入って冷蔵庫に入れた。

「これは、仕事の参考に。私、今、この容器を作る仕事をしてるんです。作るっていうか、リニューアル。価格変更に際して内容や量を変えるから、ミリ単位で底上げをしたり仕切りを広くしたりするんです」

先日、湯沢と打ち合わせをしたところだ。

――変わらないために変える、ってことで。

大切な定番商品だからよろしくね。

泉を励まそうと言ってくれたのだ。

ここのところ、ずっと一からデザインできる企画を手がけてきた。既存のものを微調整するだけなら、もっとキャリアが浅いデザイナーがいる。

理由は分かっている。前回、タレント・麻生サチのプロデュース企画で、自分の意見を押し通そうと粘り続けたからだ。旺介が日ごとに冷ややかになり始めたころだ。義父の急死のショックでうつになったのではないかと心配でたまらなかった。

結果、ぎりぎりのスケジュール進行となり、湯沢や栗尾、サンプル制作の担当者に迷惑を掛けた。前より小さな仕事を振られたのは、きっと信頼を失った結果なのだ。

千代田が泉をじっと見ているのに気づいた。

「すみません、ちょっと、いろいろ……。実は、私、離婚、するかもしれなくて。夫が、離婚したいって」

さっきと同じように小さくうなずいてくれたのを見て、止まらなくなった。

「納得できないんです。私、一生懸命頑張って……。主人の健康を気遣って、ヘルシーな食事を作って。それなのに文句ばっかり言って、私の気持ちなんて全然分かろうともしないで……。何か、ひどくないですか？」

　無言の千代田に向けて、「ねえ？」と畳みかけると、ようやく口が動いた。

「婆さんには分からないよ。今の若い人のことは。さっきの、芳賀さんたちに聞いたらいいじゃないか」

「芳賀さんたちには分からないと思うから」

「ふうん……」

「すみません、話せる人、いなくて」

　すっと千代田が立ち上がった。

「魚屋の身贔屓《みびいき》だね」

「魚屋？」

「おいしい身は仲間と味わって、捨てたいアラは野良猫に食わせるのさ」

　千代田がさっさと出ていく。あわてて追いかけた。

「待ってください。私、そんなつもりじゃ――」

　玄関ドアが泉の呼び掛けをぴしゃりと断ち切った。

「そんなつもりじゃ……」

　口の中で繰り返し、そして気づいた。

　そんなつもりだった。

幸せな結婚生活を送る芳賀たちに言えないから、孤独な千代田にぶつけた。泣き顔を見せたとはいえ、ろくな関係も築けていないのに愚痴だけを。

だけどそんな悪意はないのに。私だって辛いのに。

麦茶の氷が溶けてグラスの中で小さな音を立てた。

家事を片付けてしまわないと旺介が帰ってきてしまう。テーブルに両手をついてのろのろと立ち上がった。


幸せだったころは待ち遠しかった週末が今は憂鬱だ。いつもの通り、朝六時に起き出しながら泣きたくなった。

先週末の外泊が思ったより高くついて、さすがに毎週末ホテルに逃げ込むような贅沢《ぜいたく》はできないと悟った。早朝に出かけ、夜まで時間を潰すしかない。着替えて寝室を出ると、玄関に旺介の靴があった。遅い帰宅だったから、まだ目覚める心配はないだろう。

手早く身支度を調えてキッチンに入った。コーヒーメーカーをセットし、いつものカフェオレを入れようと冷蔵庫を開けた。

「え？」

牛乳のパックを揺らした。心づもりより遥かに軽い。音からしてほんの少ししか入っていないのが分かる。

昨日、帰宅して買い忘れたことに気づいたが、それでも一杯のカフェオレを入れるには充分な量が残っていたのだ。

恐る恐るカップに牛乳を注いでみる。いつもの半分以下の量で空になり、白い滴が空しく落ちただけだ。

「何これ……なんで？」

自然に声が出て、空のパックをシンクに放り出していた。中からはもう、わずかな残滓《ざんし》がこぼれ出ただけだ。

ああ、と声にならない声がこぼれた。

大丈夫だとたかをくくって買いに行かなかった自分が悪いのだ。分かっていても、熱した牛乳を膜が覆っていくように、怒りがみるみるうちに心の表面を覆っていく。

「なんで？」

繰り返したとき、引き戸が開いて旺介が驚いたような顔を覗かせた。顔を合わせないようにという心づもりも、もう忘れていた。

「牛乳、飲んじゃったの？」

「帰って、小腹が空いてたから」

旺介が淡々と答えた。

これまでも、ときどき牛乳を飲むことはあった。一度、同じようなことがあって注意したら、それからは気をつけてくれていたのだ。

「私が、毎朝カフェオレ飲むって知ってるよね？」

「ごめん。うっかりしてて」

口とは違って悪びれた様子のない旺介が、思いついたように続ける。

「待ってて。今支度するから、どこか外のカフェに行こう。話もしたいし」

心の中から、何かがこぼれ出ていく。今まで重く溜まっていたものが、みるみるうちに軽くなっていく。

黙ったままの泉を見て、旺介が初めて気がかりな様子を見せる。

「何か、用事がある？　どうしたの？」

旺介の声が少し大きくなった。やっとのことで言葉を絞り出す。

「こんなときに、離婚の話？」

「いや、だって今日は話をすることになってたし」

「だからって、ちょっとは悪いとか思わないの？　こんなときに、ここぞとばかりに言わなくても――」

「あのさ、牛乳がなかっただけでしょ？　それに、関係ない人をこれ以上巻き込んでほしくないから」

責めるような眼差しが泉に向いた。おそらく旺介は、ソノから先日のことを聞かされたのだろう。

キッチンを出て廊下に続くドアを手荒く開けた。後ろ手で叩きつけて寝室に突進した。背後で旺介の声が聞こえたが、かまわずドアを閉ざしベッドにへたりこんだ。スプリングの揺れに身をまかせながら、ぼんやりと今起きたことを振り返った。

飲むつもりだった牛乳がなかっただけなのに。

中身が残り少ない牛乳パックを手に取ったとき、旺介は泉のことを思い出しただろうか。思い出しもしなかったのだろうか。どちらにしても、旺介の心の中にもう泉はいない。

もういい。もういらない。

痺れたような頭の中で、そのことだけがはっきりと浮かび上がった。


円筒形のプラスチック容器に生クリームを注ぎ、スクリューのフタを固く閉める。マラカスのようにシェイクする。

続けていくうちに、容器の中で弾ける生クリームが少しずつ抵抗を始める。昨日試したときよりも早い変化。きっと本番を迎えて気合いが入っているからだ。

「怒らないで、怒っちゃだめ」

泉は自分に言い聞かせた。怒りにまかせて料理を作ると塩辛くなってしまうという。塩分を感じる味覚が怒りで鈍り、味見の判断が狂うからだと。

この料理は絶対に失敗できない。マントラの代わりにレシピを頭の中で反芻しながら、容器を振って振って、やがて容器の中に現れた固まりを出して水で洗った。完成したバターの一部をフライパンに入れてとろ火に掛ける。

熱しながらカウンターに置いた紙を、重石代わりに置いた義父のスプーンから引き抜くように取った。食事日記から破り取った紙数枚に今日のレシピが書き付けてある。

消えるボールペンを使ったけれど、それでも修正が追いつかないほど書き込みに書き込みを重ね、泉以外には判読不可能なほどぐちゃぐちゃだ。旺介と牛乳のことで言い争った日から四日、考えに考え抜いた。

「——余熱は充分な時間の余裕を見て——」

レシピを声に出して読み上げてみる。家にいるのは半休を取った泉一人だ。時計を見ると午前十時に迫っている。焦るな、と自分に言い聞かせる。

はっと気づいて火を消した。バターを溶かすだけのつもりが焦げ付いてきて濃い茶色になってしまっている。苦味が出てはいけない。シンクにキッチンペーパーを敷いて焦げたバターをあけて捨て、手早く湯でフライパンを洗った。残っていてよかった、と新たにバターを入れた。

金色に溶かしたバターで薄切りにしたタマネギをじっくり弱火で炒める。飴色《あめいろ》になるまで炒め、先に炒めて脂を落としておいた拍子木切りのベーコンと合わせた。続いて卵を割り、牛乳と生クリームと合わせてチーズと調味料を加えたところでオーブンが電子音を鳴らした。

耐熱容器に敷き詰めたタルト生地が無事に焼き上がったところだ。卵液と炒めたタマネギ、ベーコンをあわせたフィリングを七分目まで流し込み、オーブンに入れる。焼き上がるとさらにフィリングを上まで流し込んで焼く。

「できた」

完成した大判のキッシュを見て声が弾んだ。

タルト生地のベージュ、フィリングの黄色、ベーコンのピンク、焦げ目の茶色。地味な見た目だが、焼きたてならではのパイ生地の鋭く軽やかな層と鈍く輝く焦げ目、そして香りがたまらない。

網に載せたまま調理台に置き、キッチンを出た。シャワーを浴びて身支度を調え、キッチンを片付けた。キッシュに手のひらをかざしてほんのり温かい程度まで冷めたことを確認し、冷蔵庫に入れてからメイクも済ませた。

キッチンに戻り、昨夜丹念に磨いでおいたナイフを出した。冷蔵庫からキッシュを出すと、まだ完全には冷たくなっていない。家を出る時間が迫っているから、これ以上は待てない。

どうか成功しますように。祈り、深呼吸をして緊張をほぐしてから、思い切ってキッシュにナイフを入れた。

慎重に細い放射線状に切り分けてから、再びカウンターの上に視線を向けた。レシピと一緒に用意しておいた写真を見ながら、ケーキサーバーで一切れ一切れを、調理台に並べた容器に収めていく。

三つの容器に収め終えて息をついた。ケーキサーバーを全力で握りしめていたせいで手に跡が残っている。写真と見比べるとそっくり同じだ。

「できた」

心からの笑みが浮かんだのは久しぶりだ。

三つの容器を重ね、ビニール袋で包んでから保冷バッグに入れた。保冷剤を載せ、通勤用のバッグと一緒に持った。大切に抱きかかえるようにして家を出た。

会社に着き、裏口から休憩室に直行した。業務用の冷蔵庫で持参の器を預かってもらえるように前もって話をつけてある。休憩室担当の職員が泉に念を押す。

「五時までには取りに来てね。私たち帰っちゃうから」

「大丈夫です。今夜の打ち上げの準備を早めに始めるので」

フードドライブから始まった今年度のボランティア活動が、今日で終わるのだ。

少し早めに仕事を切り上げ、生産管理の辻と駐車場で合流した。辻と近くのスーパーに買い出しに行き、手分けして唐揚げやお寿司などの惣菜を買い込んだ。エコバッグを提げて会社に戻るとロビーでは小さな店が開かれている。売り子は営業部の宇津井と旺介だ。

宇津井が佃煮の瓶詰めを掲げ、帰宅を前に立ち寄った社員たちに呼びかける。

「見てってくださーい。サルベージショップでーす」

サルベージとは「救い出す」という意味だ。並んでいるのは瓶詰めや缶詰、乾物。フードバンクに寄付できなかった、賞味期限一ヵ月を切った食品だ。捨てるのは忍びないということで開くことになった。

「無料ですが十円でもいいんで寄付をお願いしまーす」

「お菓子類はこちらでーす。皆様の優しいお気持ちをぜひ、お願いしまーす」

旺介も笑顔で軽口を叩いている。久しぶりに顔を見た。牛乳をきっかけに言い争ってから三日、家では音でしか存在を感じない。

目礼で二人に挨拶を済ませ、辻と食堂に入って飲みものや惣菜、プラスチックプレートと割り箸をテーブルに並べた。あらかじめ注文して冷やしてあるビールやソフトドリンクを冷蔵庫からテーブルに運びながら、持参した器をスーパーで買った惣菜の合間にそっと紛れ込ませた。

仕事を終えたボランティアリーダーたち、そしてロビーの店を畳んだ宇津井と旺介も、段ボール箱を抱えて入ってきた。

「全部売り切ろうとしたんだけど、ダメでしたねえ」

宇津井に見せられた段ボールには、いかにも持て余されそうな佃煮の瓶詰めや乾物、ハーブティーなどが入っている。辻が「びみょー」と笑った。

「組み合わせようがないからサルベージパーティーもできないね。ほら、持て余して残った食料を持ち寄って料理して、みんなで消費するってあれ」

さっき開かれたサルベージショップと同じく、サルベージパーティーもフードロス問題解消のために生まれたイベントだ。フードバンクでもらった資料にも載っていた。

誰も知らない泉のサルベージパーティーは、今から始まる。そのとき、旺介が泉をちらりと見てから宇津井と辻に告げた。

「悪い、俺、帰るわ。仕事あるし」

「えー、いいじゃないですか、一杯だけー」

「そんな急ぎじゃないっしょ？　納期知ってますよ？　ね、一杯だけ。一緒に頑張ったんだからー」

宇津井に捕まり、旺介が引きつった笑みで足を止める。ありがとう、と宇津井に念を送った。泉の主賓は旺介なのだ。

管理棟と工場棟のボランティア実行委員とプログラムに携わった社員、合わせて二十人ほどが集まって、まずは乾杯だ。旺介は泉とできる限り距離を置いている。辻が巻き寿司を食べながら泉や他のメンバーに思い出話をする。

「なんかフードバンク行って私、ショックだったんですよね。食べものに困ってる人が実際にいる、っていうのがもう……。それで工場棟で食料集めて消費期限切れのものとか持ってこられるとキーってなるっていうか」

聞き役になりながら耳を澄ませる。ウーロン茶を入れたプラスチックカップの縁を噛みながら、背後に集中する。

「うまい」

待ち望んだ声が聞こえた。

視線を向けると旺介が皿に取ったキッシュを見つめ、箸でまた口に運ぶ。宇津井が聞きつけて、テーブルの器から自分の皿に取り、口に入れて目を丸くする。

「おいしい。冷たいけどおいしい、これ」

「な、冷たいのがまたいい。うまいわ、これ。まじうまい」

旺介の感嘆を聞いて、周りの社員たちがいっせいに容器のキッシュに群がる。

「ほんとだ」

「おいしい」

「こんなおいしいのが売ってるなんて知らなかった。サガミスーパーの奇跡だな」

キッシュを飲み込んだ旺介がうっとりと余韻を味わう。他の惣菜と同じく、スーパーで買ってきた惣菜の一つだと信じて。泉が自社の容器を使い、手製のキッシュをテイクアウトとそっくりに詰めたとは夢にも思っていない。

だから旺介は「うまい」と感激しているのだ。泉が作ったものではないから。こんな絶品がスーパーで売っているわけがないでしょう、と泉は心の中で笑った。

タルト生地はあらかじめ二回も空焼きしている。一回目は溶き卵を丁寧にはけで塗ってからだ。フィリングの卵液が生地に染みこむことのないように。だから冷やしても生地がさくっと極上の歯触りなのだ。きめ細かくなるように卵液を丁寧に漉《こ》し、二回に分けて注ぎ入れたのも、ちょうどいい具合に固まらせるためだ。

ちょっとやそっとじゃ食べられない美味にしたかったからバターから手作りした。チーズもセルロース入りのものなどもってのほかだ。冷やしてもかちかちにならないように、上質のチーズを二種類ブレンドして使った。ベーコンは以前、旺介に食べさせられたトーストに使われていた分厚いものだ。デパ地下で買った、と言っていたのを思い出して探したのだ。

「俺、明日買いに行こ」

旺介が蕩《とろ》けそうな顔で新たな一口を入れ、大切に噛み締めて飲み込んだ。「うま」と小さくつぶやいた。

その言葉がもう一度聞きたかった。

これが、旺介に作る最後の料理だ。最後にもう一度、思い出してほしかった。感情というバイアス抜きで、泉が作る料理の本当の味わいを。

泉の視線に気づいたのか、顔を上げた旺介と目が合った。美味で脳まで蕩けたのか、どこか緩慢だ。その目を見据えて思い切り微笑みかけた。心の声で告げた。

——それ、私が作ったの。

泉の心の声が伝わったのだろう。蕩けていた旺介の顔が凍り付くのが、離れていてもはっきり分かった。

タイミングよく辻が隣で「このキッシュって」と泉に問いかける。

「サガミのベーカリーにあった？　イッちゃんが買ったやつだよね？」

「うん」

泉が答えると、旺介がキッシュとパッケージをまじまじと見つめ、そしてまた泉に顔を向ける。微笑んだまま小さくうなずいてみせると、たまらないようにキッシュが残ったプラスチック皿をテーブルに置く。

「あれ、旺介さん、食べないんですか？　こんなおいしいのに、どうしたんですかあ？」

宇津井の無邪気な問いも耳に入らないかのようだ。

食材に衝撃を与えてヒビを入れると味が染みこむ。どうか旺介の記憶にも染みこんでほしい。

私は美味しい料理を作る妻だった。

そして、あなたは私が作る料理が大好きだった。


翌日、不動産屋に行った。会社の最寄り駅から、旺介と暮らしたマンションとは反対方面で部屋を探し、その日のうちに引っ越し先を決めた。独身時代に住んでいたのと同じような1Kのマンションだ。

次の休みにはもう移った。記入した離婚届と義母と弥生への挨拶の手紙、そして千代田への菓子折とメッセージカードを旺介に託した。

——引っ越すことになりました。お世話になりました。

ごめんなさい。

魚屋の身贔屓。冷静になると千代田に失礼なことをしてしまったと後悔した。泉を心配してくれた様子を思い出すと、母親のような眼差しを向けてくれていたのではないかと思う。いつか落ちついたら謝りに行きたい。

圭花とも、またいつか会えるだろうか。離婚するのでマンションを出る、と挨拶に行くと、驚いたようだが何も訊かず「頑張って」と言ってくれた。

離婚の保証人は聖子に頼んだ。本当は自分のことだったと打ち明けると、「そんな気がしていた」とあっさり受け止めてくれた。

「泉さん、行動力あるのね」

家を出た数日後、金曜の夜に聖子の事務所に出向くと言われた。

「すごく早かったわよね。引っ越しの荷物、大変じゃなかった？」

「何も持って行きませんでしたから」

新盆のときに義実家に向かったときと同じように、衣類と化粧品、最小限必要なものだけを、キャリーケースと段ボール箱二つに詰めて持ち出した。あとは家具や食器、枕から二人の写真を入れたフォトスタンドまですべて置いていった。

「洗濯乾燥機だけは貰うことにしました。彼の引っ越しが決まったら送ってもらうことにして」

「どう？　新しい生活は」

「何とか、形だけは」

大型インテリアショップで「新生活スタートセット」を五万円で買った。シングルベッドと寝具、ローテーブル、そして炊事掃除洗濯の最低限の道具を揃えたものだ。家電ショップで小さな冷蔵庫を買い足して狭い部屋を埋めた。

今はまだ、朝目覚めるとここはどこだろうかと一瞬戸惑うことがある。

「何してるの？　一人のときは」

「まあ、のんびりと」

テレビも映画も見ない。本も読まない。体がそういう態勢にならないのだ。旺介と過ごした一年数ヵ月、料理以外は何もしてこなかったからだ。

かといって料理をする気にもならない。心の励みになりそうな本を買って開いても、気が散って集中できない。結局、寝落ちするまで携帯電話で人の不幸を探している。二回ほど、たまらなく寂しくなって泣いた。

聖子がぽんと手を打ち、ファイルを開いた。

「じゃあ、本題に入りましょうか。鈴木さんに昨日来ていただいて作成しました」

目の前に置かれたのは「合意書」と題された書類だ。

マンションを出た翌日、聖子から電話を貰った。旺介が泉に慰謝料を払いたいと、聖子に申し入れてきたのだ。

——ほら、離婚届の保証人欄に私、サインしたでしょう？

それを見て連絡が来たの。

会社でも顔を合わせるのに弁護士を通したのは、最初の申し出を撥ね付けたからだろう。要らないと重ねて伝えてもらったが、自分の責任だからと旺介は譲らない。聖子にも説得された。

――貰ってあげるのも優しさよ。

結局押し切られた。十万円、「新生活スタートセット」と冷蔵庫を合わせた金額を貰うことにした。泉が合意書に目を通し終えると、聖子が朱肉を出す。

「慰謝料はね、一円でも貰っておいた方がいいのよ。慰謝料を払った方が有責って記録に残せるから。泉さんが将来再婚するとき、相手の親が離婚歴に難癖つけてきても、それがあれば大丈夫。泉さんに責任はなかったってなるから」

聖子の言葉に適当にうなずき、合意書に記された旺介のサインを見た。丁寧できれいな字。優しい笑顔とよく合うと、出会ったばかりのときに思った。

「彼、何か言ってました？」

今、泉が座っている椅子に、きっと旺介も座ったのだろう。夏、聖子が出してくれたアイス緑茶の味を思い出した。

「何て言ってました？　離婚のこと」

「好きを越えられませんでした、って」

組み合わせた手を握りしめた。

「勝手ですよね……浮気しておいて」

指定された欄に名前を書き入れて捺印《なついん》した。聖子が確認し、封筒に入れる。

「鈴木さんに連絡します。合意したらすぐ離婚届を出すって言ってたから――」

「会社での手続き、週明けから始めますって、彼に伝えてください」

会社の人たちの手前、着けたままだった結婚指輪を外して聖子に託した。

これで本当にすべてが終わる。

聖子が泉の顔を覗き込んだ。

「新しい人生のスタートよ。胸を張って、頑張って」

「はい」

さっきと同じように適当にうなずいた。


久しぶりに温かいものが飲みたいと思い、昼休みで混雑する食堂の給茶機に並んで緑茶を注いだ。席に戻ると栗尾と仁藤がテーブルの上を見て首を傾げている。ハンカチで包んだ弁当が置いてある。

「ねえ、ここ、誰か来るのかな?」

「これ、私のです」

「あ、イッちゃん、お弁当作ったんだ?」

座りながら目の端で、ちらりと視線を交わす仁藤たちが見えた。

十月最後の月曜日、久しぶりに弁当を作って出社した。六月、元義父の四十九日を境に作るのを止めていたから、実に四ヵ月ぶりだ。

「鶏肉が余ったんで、何となく」

ランチクロス代わりに包んだ大判のハンカチを解き、弁当箱代わりに使った保存容器を出していると、栗尾が広げたハンカチを見て「何それ」と笑った。

大小の仏像が描かれ、合間に般若心経の文字が躍る。元義父の新盆のときに元義母から押しつけられたものだ。キャリーバッグのポケットに突っ込んでおいたものを、新居に着いてから見つけた。

「お弁当グッズ、前の家に全部置いてきちゃって。包めるものがこれしかなかったから。渋いでしょう？」

「うん。悟りを開いたのかと思った」

「デザイン、キレッキレだよね」

仁藤と栗尾と三人で笑った。

離婚を会社に報告し、諸々の手続きを取ってから二週間が経つ。離婚を報告しても、仁藤や栗尾、宇津井はそれほど驚かなかった。旺介との関係がぎくしゃくしていることを、うすうす察していたらしい。宇津井さえも。仕事帰りに仁藤と三人で呑みに行ったときに言われた。

──なんか、微妙なのかな、とは思ってた。

「ちょっとイッちゃん、何そのハンカチ」

「ウケる。ある意味アート」

あとからやってきた女性社員たちも、泉のハンカチを見て笑う。

何か言われると身構えていたが、拍子抜けするほど何も言われなかった。不自然なほど、離婚の件には触れられなかった。離婚しても呼び方が変わらないのも幸いしたのだろう。今はもう、以前とほぼ変わらない。自分の方が慣れたのかもしれない、と心の中で苦笑いしながら保存容器のフタをあけた。

「すごい粗食なんですけど」

小鍋で炊いたご飯にタラコふりかけ、そして卵焼き、鶏肉の照り焼きを詰めるのが精一杯だった。照り焼きを作ろうと思い立ったが醬油しかなく、テイクアウトのコーヒーについていたスティックシュガーと、眠れない夜をやり過ごすために買った白ワインをさっと煮詰めてみりん代わりにした。興味津々の仁藤に一つ食べてもらうと、「さすが」と大袈裟に褒めてくれ、自分の竜田揚げもくれた。

「仁藤さんの方がすごいですよ。朝から揚げ物って」

「でしょう？　もちろん冷食だよ、レンジでチン」

「いいですね、一人だと揚げ物なかなか作れないし」

持っている調理道具はいまだに「新生活スタートセット」に入っていた、一人分の食器と包丁、まな板、キッチンバサミとお玉、フライ返し、小鍋とフライパンだけ。買い足したのはザルと保存容器だけだ。

カーテンやラグ、ベッドカバーも同じセットのまま。毒々しいチェック柄が嫌なのに、買い換えるのも面倒で腰が上がらない。

ひたすら仕事に打ち込み、休日は一人で部屋にこもっている。

実家には電話で離婚を報告した。動揺した母から受話器を奪った父に、勝手なことを、と怒鳴られたので切った。義母と弥生宛に書いた手紙の返事はない。数少ない社外の友人には会う気がしない。

「特割の予約十四時からなんだよー」

栗尾は年末の帰省に向けて航空便の先行予約を取ると騒いでいる。仁藤は所属するアマチュアオペラ団体のクリスマスコンサートに向けて練習中だという。泉はクリスマスも正月も一人で過ごすだろう。暖房器具がエアコンしかないので何か買わなければならない。

去年の今ごろは挙式を控えて、会社にいても心ここにあらずだった。

旺介と過ごした一年数ヵ月は旅だったような気がする。二人で乗り込んだ飛行機は途中でくるりと向きを変えて元の場所に戻った。旅を終えて二人はそれぞれの場所に戻っただけだ。出会う前の世界に。

社内で旺介と出くわすと、ことにそう思う。名前しか知らなかったときのように、淡々と挨拶を交わすからだ。しかし、昼食後、湯沢と一緒にメーカーで行われる打ち合わせに出かける途中で出くわした今日は違った。

「お疲れさまです」

「……お疲れさまです」

挨拶が久しぶりにぎこちなくなった。一昨日、旺介からメールが届いたからだ。

——台湾に出向することになりました
栄光化成が台湾で紙容器の自社製作と販売に向けてのプロジェクトを立ち上げる。その一員に選ばれたということは、宇津井から聞かされていた。

外に出て敷地内を裏手の駐車場に向けて歩きながら湯沢が言う。

「勉強会やなんかで旺介のやる気が認められてね」

「そうですか……」

「イッさんも、大変だったと思うけど頑張って。幕の内のリニューアル、評判よかったよ」

それでもまた、前回の幕の内弁当容器と似たような仕事を任された。結局、何かを失ったのは自分だけなのだと苦笑いしたとき、湯沢が呼び掛ける声が聞こえた。

「今日、ラスト？」

工場棟から出てきたソノが足を止める。

私服姿で会社のロゴが入った紙袋と小さな花束を持っている。泉を見ても顔色一つ変えることはなく、「お疲れさまです」と頭を下げた。

「会社、辞めるんですか？」

「はい。今日の挨拶で最後です。お世話になりました」

泉の目を見て頭を下げると、ソノは自分の車に向かった。夏、旺介をマンションまで送ってきた軽自動車だ。湯沢が営業車に向かいながら泉に言う。

「ほら、入社研修で新入社員が各課を回るでしょう？　俺、そのときにソノさんの指導をしたんだ。仕事できる子なのに惜しいよね。結婚退社なんて」

「彼女、結婚するんですか？」

「うん。大学時代から付き合ってる人だって。そいつが実家の仕事を継ぐために田舎に帰るんで、退社するしかなかったらしいよ。地方豪族って言うんだっけ？　結構、大きな会社だって聞いたなあ。お盆休み明けに退社の申し出があって開発部のやつらが凹んでた」

「おめでたい話ですか……」

「どうかな、仕事を続けたくてぎりぎりまで粘ったらしいよ。まあ、いい話だし相手が好きなら断ることもできないよね」

運転席に乗り込んだ湯沢が車を発進させる。泉は助手席で晩秋に差し掛かった通りをぼんやりと見つめた。

湯気を上げる二つのカップラーメン、水で濡れたマンションの階段、ニンニクの匂い、梅ジュースの甘さ。この夏に通り過ぎた数々がぼんやりと浮かんでは消える。

お盆休み明けの退社申し出。

逆算するのが面倒で、頭の中から追い払った。


マンションを引き払うので荷物を取りに来てほしい、と旺介のメールにあったので、週末、マンションに向かった。

メールには旺介が不在の日付も記してあり、圭花たちと出くわさないように午後遅くの時間帯を選んだ。緊張しながらエレベーターを下り、急いで鍵を開けて中に滑り込んだ。

離れていたのは一ヵ月足らずなのに、他人の家のような匂いがする。

よい香りは幸せを運んでくる、と雑誌で読んでシューズボックスの上に置いていたアロマスティックのオイルが干からびている。結婚式で撮って飾っていた写真はそのまま置かれている。

寝室に入るとベッドの上に、夏に泉が出した薄い上掛けが二つ折りになっている。独身時代と同じだ。布団の出し入れを面倒がって、寒さも暑さもぎりぎりまで我慢する。

続いてリビングダイニングに入る。ホルダーでまとめて止めていないカーテン、少し斜めにずれたコーヒーテーブル、立ち上がったときのままずれた椅子が目に付く。精一杯片付けたらしいものの、どこか雑然としている。マンション自体が古いこともあって、古びたアルバムのように見える。
やはり欲しいものは何もない。
泉のために用意された新品の段ボール箱が束ねて置いてあった。寝室に持って行き、クローゼ
ットから衣類を出して詰めた。次にキッチンに入った。
家を出る前に整理したから、買いおきの食料は封を切ったものしかない。独身時代に買って持
ち込んだ調理道具と食器をいくつか、新たに組み立てた箱に入れていく。シンクの下、食器棚と
見て、冷蔵庫にたどり着いた。
ケチャップやソース、味噌など置いていった調味料の他は、旺介が入れた缶酎ハイが二本とス
トリングチーズ数本しかない。泉が家を出る前に整理したからだ。
もしかして、と冷凍庫を開けると、泉が入れていった保存容器やプラスチックバッグが、その
ままきれいに入っている。例の打ち上げで容器に入りきらず持っていけなかったキッシュも二切
れ入れ、旺介にメモでそのことを伝えたが、それも一切手がつけられていない。
それほどショックだったのか、と苦笑いした。冷凍庫の引き出しを開けっぱなしにしているこ
とに気づいてあわてて閉めたとき、廊下に続く扉の向こうから物音が聞こえた。
誰かが玄関のドアを開けて入ってきたのだ。靴を脱いでいるらしい音が聞こえる。
一気に心臓の鼓動が激しくなった。
覚悟を決め、恐る恐るドアを開けた。玄関でこちらに向いた背中が見える。まさか、と思った

瞬間、向き直った弥生が声を上げて立ちすくんだ。

「弥生ちゃん?」

「あ、びっくりした、泉さんがいると思わなくて」

弥生が伏し目がちに挨拶した。

中へと招き入れた。

「お兄ちゃんが台湾に行ってる間、うちで荷物を預かることになって、どのくらいの量になるか、一度見てきてってママが。ほら、置ききれないときのこととか今から――」

テーブルの横に立って聞いていると、弥生が言葉を切った。そして泉に頭を下げた。

「お兄ちゃんが、本当にごめんなさい」

「え?」

「会社の、人と」

語尾が消えた。

「私の手紙は――」

「読んだ。お兄ちゃんが持ってきて、そのときに、離婚の話を聞いて。ママが落ち込んでた。泉さんに申し訳ない、あんなに頑張ってくれたのに、って」

「――」

「ご縁があって家族になったんだし、挨拶しないと、電話だけでも、って話してたんだけど、お兄ちゃんが止めるし、泉さんも私たちの顔見るのイヤかな、って――」

「もう、ね?」

可哀想になって遮った。

「短い間だったけど、ありがとうね、弥生ちゃん」

衣類を詰めた段ボール箱を今住んでいる部屋に送ってほしいと旺介にメモを残し、弥生にも話した。「お義母さんにお返しして」と義父の形見のスプーンを弥生に託した。

「泉さん、あとは？　ホントに要らないの？　何も？」

「うち狭いから置けないし」

明るく言ったのに、弥生がまた困ったように目を伏せた。悪いような気がして声をかけた。

「ね、弥生ちゃん時間ある？　ご飯食べない？」

作りおきを冷凍したのは一ヵ月前、ぎりぎり食べられる。そのことを話して了承を取ってから、弥生をテーブルに座らせた。冷凍庫から作りおきを出して次々とレンジで解凍した。

凝った盛りつけがぱっとできなくなっている。それでもどうにか恰好をつけ、テーブルに並べて弥生の向かいに座った。ミートドリア、ボロネーゼのペンネ、そして例のキッシュ。どれも旺介の好物、レンジで温めるだけで食べられるようにして置いていったものだ。弥生が「すごい」と目を見張る。

「ペンネにはこれ」

粉チーズを勧めると、弥生が済まなそうに手で制した。

「ごめんなさい、私、チーズ苦手で」

「あ、じゃあ、キッシュもか。あと、ドリアも」

二つの皿を下げ、唯一チーズが入っていないペンネを弥生に勧めた。「おいしい」と食べながら、弥生が言い訳のように告げる。

「お兄ちゃんはチーズ大好きだけど、私は何か……。チーズが入った料理って、全部チーズ味になっちゃうのが――」

旺介の笑顔が脳裏に浮かぶ。

――イズの料理は最高、毎日でも食べたい。

心の中で何かが焦げるのを感じた。

旺介が好きだった泉の手料理を頭の中に並べる。クロックマダム、スパゲッティ・ナポリタン、ピザ、リゾット、ローマ風卵スープ、シーザーサラダ。全部チーズが入っているか、粉チーズを掛けるメニューだ。

旺介がおいしいと言ってくれたのは、泉の手料理ではない。チーズだったのだ。

◇

リビングの床に置いた平たく大きい段ボールの梱包を、旺介が開けていく。

挙式を前に、新居への入居を果たした。今日から二人の暮らしが始まる。

「旺ちゃん、よかったね、入居に間に合って」

泉は切ったプラスチックテープを丸めてゴミ袋に入れる。

「これで完成だね」

「うん。最後の家具」

テーブルの天板を包んだビニールをはがし、脚を取り付けていく。

二人で力を合わせて天地を返し、泉が計画した通りカウンターに横付けした。用意した濡れ布巾できれいに拭き上げ、そして、旺介と顔を見合わせて笑った。

「完成、私たちの家」

「完成」

タイミングよくチャイムが鳴る。少しだけ贅沢に、ランチを出前で頼んだのだ。

旺介が二つのボックスを受け取って運んできた。そのままテーブルに置こうとするのを「待って」と止めた。手早くランチョンマットを敷いて、割り箸と冷茶を入れたグラスと一緒に置く。

引っ越し祝いだからメニューはもちろんそば。旺介は天ぷらそば、泉は五目そばだ。各々野菜の煮物が一口分と、にぎり寿司が五つ、セットでついている。向かい合い、「いただきます」と割り箸を取った。

「マグロ、えび、サーモン、卵……この銀色のは」

「コハダじゃない？」

「あ、無理、俺」

旺介が顔をしかめた。光り物の生魚は苦手なのだ。本当に子どもみたいな舌だ。

「じゃあ、取り替えよう」

卵の寿司を渡し、代わりにコハダの寿司をもらう。卵の寿司が二つ、コハダの寿司が二つになった互いのボックスを見た。

「あれだね。幸せは倍に、不幸は半分に、って」

旺介が泉をじっと見ている。「何?」と聞くと笑った。

「イズ、嬉しそう。可愛い」

「何言ってるの、もう、野菜は食べないとダメ」

「カボチャは食べる」

旺介が口を開ける。笑いながらカボチャを箸で切り、入れてやる。

◇

荷物のチェックを終えた弥生が帰り、泉は一人になったマンションのキッチンで、手をつけずに残った料理をゴミ袋に詰めた。

——好きを越えられませんでした。

聖子に聞かされた旺介の言葉を思い出した。

旺介だけではない。泉も変わらなかった。好きを越えられなかった。変わらないために変わることができなかったのだ。

角を取り、形を変えることができていたならば、夫婦という器に収まったかもしれないのに。

キッチンを出て帰り支度をした。床に置いたバッグを取ろうとして、テーブルの足元に置かれたままの広口瓶《ひろくちびん》に気づいた。

少し迷ったが、新しいゴミ袋を出して包んだ。今の部屋に送ってもらう段ボール箱の真ん中に入れ、割れないように衣類で包んだ。

千代田に言われたように来年干そう。捨てることなく嚙みしめよう。そうできたときが本当の終わりなのだ。そう自分に言い聞かせながら泉は玄関に向かった。

**謝辞**

本書の執筆にあたりまして、
（順不同）
株式会社ケーピープラテック　永田智之様
株式会社ワークキャム　野﨑幸一朗様
野﨑治美様
より、多くのご助言をいただきました。この場をお借りしまして、心より御礼申し上げます。

**参考文献**

編：主婦の友社　監修：前田量子
『誰でも1回で味が決まるロジカル調理』（主婦の友社）

本書は書き下ろしです

遠藤彩見（えんどう・さえみ）
東京生まれ。1996年、脚本家デビュー。1999年、テレビドラマ「入道雲は白　夏の空は青」で第16回ATP賞ドラマ部門最優秀賞を受賞。2013年、『給食のおにいさん』で小説家としてデビュー。同作はシリーズ化されている。他著に、『キッチン・ブルー』『イメコン』『バー極楽』など。

# 二人《ふたり》がいた食《しょく》卓《たく》

第一刷発行　二〇二〇年十二月七日

著　者　遠藤彩見《えんどうさえみ》
発行者　渡瀬昌彦
発行所　株式会社　講談社
〒112-8001東京都文京区音羽二―一二―二一
電話　出版　〇三―五三九五―三五〇五
販売　〇三―五三九五―五八一七
業務　〇三―五三九五―三六一五

本文データ制作　講談社デジタル製作
印刷所　豊国印刷株式会社
製本所　株式会社国宝社

定価はカバーに表示してあります。



Printed in Japan　ISBN978-4-06-521874-7

N.D.C. 913　287p　19cm